AF559830

तूफ़ान

[नाटक]

विलियम शेक्सपियर कृत 'टेम्पेस्ट'
का पद्य-गद्यानुवाद

तूफ़ान

विलियम शेक्सपियर

अनुवाद

डॉ. उपेन्द्र

राधाकृष्ण प्रकाशन

ISBN : 978-81-7119-434-6

तूफ़ान (नाटक)

पहला संस्करण : 2000
पहली आवृत्ति : 2022
This book is printed on Print on Demand Technology : 2025

मूल्य : ₹395

प्रकाशक
राधाकृष्ण प्रकाशन प्राइवेट लिमिटेड
जी-17, जगतपुरी, दिल्ली-110 051
शाखाएँ : अशोक राजपथ, साइंस कॉलेज के सामने, पटना-800 006
पहली मंजिल, दरबारी बिल्डिंग, महात्मा गांधी मार्ग, प्रयागराज-211 001
1, अनमोल सोराबजी संतुक लेन, धोबी तलाव, मरीन लाइंस, मुम्बई-400 002
वेबसाइट : www.radhakrishnaprakashan.com
ई-मेल : info@radhakrishnaprakashan.com

TOOFAN (Tempest) by William Shakespeare
Translated by Dr. Upendra

पुत्रवधू रोली को

तूफ़ान के पाठकों से

शेक्सपियर के नाटकों को हिंदी में अनूदित करने की परंपरा भारतेन्दु-युग में आरंभ हुई थी। स्वयं भारतेन्दु ने 'मर्चेंट ऑफ वेनिस' का अनुवाद 'दुर्लभ बंधु' नाम से हिंदी गद्य में किया था। भारतेन्दु-युग से लेकर वर्तमान समय तक शेक्सपियर के नाटकों के जो अनुवाद प्रकाशित हुए, उनमें अधिकांशतः मूल पद्य को हिंदी गद्य में ही अनूदित किया जाता रहा, जबकि शेक्सपियर के नाटकों में पद्य और गद्य, दोनों का एक विशिष्ट ढंग से संयोजन मिलता है; और उनके ऐसा करने की उपयोगिता व महत्त्व के संबंध में अंग्रेजी में बहुत-कुछ लिखा जा चुका है। इसके अतिरिक्त ये अनुवाद प्रायः छायानुवाद थे और इनमें शेक्सपियर के कवित्व एवं नाट्य-शिल्प संबंधी विशेषताओं का अवतरण असंभव ही था।

शेक्सपियर के नाटकों के पद्य-गद्यानुवादों (जिनमें मूल पद्य-भाग का अनुवाद पद्य में और गद्य-भाग का अनुवाद गद्य में हो) की शृंखला का आरंभ हमारी शताब्दी के पाँचवें दशक में हिंदी के लोकप्रिय कवि डॉ. हरिवंशराय बच्चन के अनुवादों से हुआ। बच्चन जी ने शेक्सपियर के चार प्रमुख दुःखांत नाटक (ट्रेजेडीज़) अनुवाद के लिए चुने। इनमें 'मैकबेथ' सन् 1957 में, 'ओथेलो' 1959 में, 'हैमलेट' 1969 में और 'किंग लियर' 1972 में प्रकाशित हुआ। बच्चन जी द्वारा किए गए अनुवादों की संभवतः सबसे बड़ी विशेषता यह है कि इनसे शेक्सपियर के कवित्व की ऊँचाई और गरिमा का आभास पहली बार हिंदी पाठकों को हो सका। ये अनुवाद बहुत-कुछ मूल का ही आनंद देते हैं। इन अनुवादों से शेक्सपियर के क़द का अंदाज़ वे लोग भी लगा सकते हैं जो अंग्रेजी साहित्य से अपरिचित अथवा अल्प-परिचित हैं।

जिन दिनों बच्चन जी का 'हैमलेट' प्रेस में था, उन्हें किसी आवश्यक कार्य से इलाहाबाद जाना पड़ा। बच्चन जी उन दिनों 13, बिलिंगडन क्रिसेंट, नई दिल्ली में थे। रास्ते में कानपुर स्टेशन पर भेंट हुई तो उन्होंने 'हैमलेट' के पूर्ण होकर प्रेस में जाने की सूचना मुझे दी। मेरे यह कहने पर कि 'आप 'किंग लियर' का अनुवाद भी कर डालिए तो शेक्सपियर के चार शीर्षस्थ दुःखांत नाटकों के अनुवाद का कार्य पूरा हो जाए', उन्होंने जाने क्या सोचकर मुझसे कहा—'ठीक है, मैं चारों दुःखांत नाटक पूरे कर लूँ और तुम 'कामेडीज़' (सुखांत नाटक) ले लो।' सच कहूँ तो उस समय मैंने उनकी

बात को गंभीरता से नहीं लिया था, मैं अपनी सीमा जानता था। दो दिन बाद प्रयाग से लौटते समय कानपुर स्टेशन पर फिर भेंट हुई और उन्होंने वही बात फिर दोहराई। अनुवाद के लिए पहला नाटक भी सुझा दिया–'टेम्पेस्ट'। 'टेम्पेस्ट ही क्यों ?' के उत्तर में उनका कहना था–'भाई, मैं तो शुरुआत (शृंखला की) कठिन काम से ही करता हूँ। वैसे तुम्हारी मर्जी, तुम चाहो तो पहले 'मर्चेंट ऑफ वेनिस' ले सकते हो।' बात कुछ चुभ गई और मैंने 'टेम्पेस्ट' ही उठा लिया। कार्य आरंभ किया तो शुरू में कुछ कठिनाई हुई पर उसमें सृजन जैसा सुख मिलने लगा। शेक्सपियर की काव्य-भूमि पर विचरण करते समय कई ऐसे क्षण आए जब मैं अपने आँसू रोक नहीं सका। कविता अपनी ऊँचाइयों पर पहुँचकर कितनी आसानी से देश और काल की सीमाएँ तोड़ देती है, इसके बावजूद मुझे यह स्वीकार करना चाहिए कि मेरा मार्ग नितांत सुगम और बाधा-विहीन नहीं रहा। शेक्सपियर के नाटकों में कठिन स्थलों की कमी नहीं। कहीं भाव की सूक्ष्मता, कहीं श्लेष का चमत्कार और कहीं न्यून पदत्व के कारण अर्थ की दुर्बोधता। पाठांतर की समस्या ऊपर से। 'टेम्पेस्ट' के तीसरे अंक के पहले दृश्य में एक स्थल है, जिसकी पाठ-शुद्धि के लिए एक दो नहीं, बारह विकल्प तक सुझाए गए हैं और इस अर्थ-निर्णय अभियान में पच्चीसों समीक्षकों और टीकाकारों ने हिस्सा लिया है। इसलिए मुझे यह लिखते हुए बहुत शर्म महसूस नहीं होती कि कभी-कभी एक पंक्ति का अनुवाद करने में मुझे घंटों लग गए।

अनुवाद करते समय बड़ों के बताए हुए (और स्वयं अपने अनुभव से पुष्ट) जिन संकेतों का मैंने सदैव ध्यान रखा, वे इस प्रकार हैं–

(1) अनुवाद छायानुवाद न हो।

(2) पद्य-भाग का अनुवाद पद्य में और गद्य-भाग का गद्य में हो।

(3) अनुवाद पढ़ने या सुनने पर अनुवाद न मालूम हो, मौलिक कृति प्रतीत हो।

(4) नाटक अनूदित रूप में सफलता के साथ रंगमंच पर खेला जा सके।

(5) अनुवाद में मूल कृति के सौंदर्य की रक्षा हो सके।

(6) अनुवाद की भाषा यथासंभव सरल हो, उसमें हिंदी के तद्भव, देशज तथा उर्दू शैली के प्रचलित शब्दों के लिए पर्याप्त स्थान हो। लेकिन परिस्थिति अथवा आवश्यकतानुसार संस्कृत के समृद्ध कोष से भी निस्संकोच सहायता ली जाए।

कार्य पूरा हुआ तो बच्चन जी ने 18 जून 1977 के दिन अपने घर (13, बिलिंगडन क्रिसेंट, नई दिल्ली) बुलाकर इसे मुझसे सुना ही नहीं, आद्यंत ध्यानपूर्वक पढ़ा भी। उनकी हर्ष और आश्चर्यमिश्रित प्रतिक्रिया थी–'तुमने प्रथम श्रेणी का काम किया है। 'टेम्पेस्ट' का इससे अच्छा अनुवाद हिंदी में मैंने नहीं देखा।' बाद में ऋषिकल्प डॉ. रामविलास शर्मा ने आगरे (30, नई राजा मंडी) में इसे सुनकर सराहा तो मुझे विश्वास हो गया कि काम अच्छा हुआ और श्रम व्यर्थ नहीं गया। हिंदी की इन दो शीर्षस्थ विभूतियों के हार्दिक साधुवाद और समर्थन के बावजूद यह कृति उस समय प्रकाशित क्यों नहीं हुई, यह कथा दोहराने से कोई लाभ नहीं है। प्रिय मित्र डॉ. श्याम

बिहारी राय का आग्रह न होता तो शायद अब भी यह किसी भूली-बिसरी याद की तरह मेरे पास ही कहीं किसी कोने में पड़ी होती और इस समय आपके हाथों में नहीं होती। कभी-कभी सोचता हूँ, मनुष्य की भाँति क्या उसकी कृतियों पर भी भाग्य अथवा समय की प्रतिकूल-अनुकूल परिस्थितियों की छाया पड़ा करती है ? उमर ख़य्याम के अंग्रेजी अनुवाद (फिट्-जेराल्डकृत) की कहानी मैंने विद्यार्थी जीवन में सुनी कि वह प्रकाशित होकर भी बहुत दिनों तक अचर्चित और उपेक्षित रहा। एक दिन 'प्रिरेफालाइट' काव्य-धारा के कवि रासेटी (दान्ते गेब्राइल) की नज़र उस पर पड़ गई (उन्होंने उसे बेकार और रद्दी के भाव बिकने वाली पुस्तकों की टोकरी से एक 'पेनी' देकर उठाया था)। रासेटी द्वारा की गई ज़ोरदार प्रशंसा सुनने के बाद लोगों ने उस अनुवाद का महत्त्व समझा। बाद में उसे 'सार्वकालिक सर्वोत्तम अनुवाद' की प्रतिष्ठा मिली। हिंदी के मौजूदा माहौल को ध्यान में रखते हुए इस स्थिति की तो कल्पना करना भी हास्यास्पद होगा। विश्व-प्रसिद्ध कृतियों को रुचिपूर्वक पढ़ने-समझने वाले लोग हिंदी में कितने हैं, यह मैं अच्छी तरह से जानता हूँ।

ख़ैर टेम्पेस्ट (तूफ़ान) शेक्सपियर का एक महान सुखांत नाटक है। 1611-'12 में रचित यह उनकी अंतिम प्रौढ़ रचना मानी गई है। शेक्सपियर की मृत्यु सन् 1616 में हुई थी। इस नाटक की रूमानी भाव-भूमि इसके रचयिता की असाधारण कल्पना-शक्ति और चमत्कारी सृजन-सामर्थ्य के अनेक स्मृति-चिह्न लिये है। दूसरे शब्दों में हम कह सकते हैं कि शेक्सपियर की कला में जो सर्वोत्तम है, उसका एक अंश 'टेम्पेस्ट' (तूफ़ान) में देखने को मिलता है। हैज़लिट के शब्दों में यह 'शेक्सपियर की सर्वाधिक मौलिक व पूर्ण कृतियों में से एक है और इसमें उन्होंने अपनी सभी प्रकार की शक्तियों का प्रदर्शन कर दिया है।' (The Tempest is one of the most original and perfect of Shakespeare's productions, and he has shown in it all the varieties of his powers.) इसमें शेक्सपियर के कवि और नाटककार—दोनों रूप एक-दूसरे से प्रतिस्पर्धा करते दिखाई पड़ते हैं। प्रास्पेरो, एरियल और मिरैंडा की गणना उनके अमर चरित्रों में की जाती है और केलिबान तो साहित्य-समीक्षा के पृष्ठों में संभवतः हैमलेट के बाद दूसरा सर्वाधिक चर्चित पात्र है। नाटक की लीलाभूमि के रूप में एक कल्पित द्वीप (जिसका अस्तित्व पृथ्वी पर नहीं है) का शेक्सपियर ने जो सजीव, विवरणपूर्ण और कमनीय चित्र अंकित किया है, वह बड़े से बड़े कलाकार के लिए एक चुनौती है। इसके अतिरिक्त प्रास्पेरो के व्यक्तित्व और परिस्थितियों, विशेष रूप से अपनी जादुई कला से सदा के लिए विदा लेकर चिर विश्राम करने की इच्छा में कवि का जो अपना मानस-चित्र उपस्थित हो गया है, उसने भी 'टेम्पेस्ट' (तूफ़ान) के महत्त्व को कई गुना बढ़ा दिया है। कर्त्तव्य एवं सेवा-भावना के आदर्श की प्रतिष्ठा, क्रोध और प्रतिहिंसा पर क्षमा व करुणा की विजय, एरियल और केलिबान के चरित्रों में क्रमशः आकाश व पृथ्वी तत्त्वों का प्रतीकार्थ, सौंदर्य और प्रेम की मधुर कोमल अनुभूतियाँ, प्रेतों और परियों के अद्भुत कार्य-कलाप और उन्हें वश में करने वाली प्रचंड मानव-शक्ति,

समुद्र में पोत-ध्वंस का लोमहर्षक दृश्य, व्यंग्य और विनोद के चटखारे, स्वच्छंद (रोमांटिक) और चिर प्रतिष्ठित (क्लासिक) तत्त्वों का विलक्षण संगम इत्यादि, कितने ही अन्य आकर्षण भी आपको इस कालजयी कृति में देखने को मिलेंगे। आश्चर्य नहीं, यदि इसके बाद शेक्सपियर ने एक शब्द भी न लिखा हो और सदा के लिए लेखन-कार्य से विदा ले ली हो !

नाटक की कथा संक्षेप में इस प्रकार है—

मिलान के ड्यूक 'प्रास्पेरो' का अधिकांश समय पुस्तकों के अध्ययन में व्यतीत होता था। उसकी विशेष रुचि थी जादुई विद्या में, जिसकी अनेक दुर्लभ पुस्तकें उसके पुस्तकालय में थीं। अध्ययन में अधिक रुचि होने के कारण प्रास्पेरो ने शासन संबंधी कार्य अपने छोटे भाई 'एंटोनियो' को सौंप रखे थे। एक दिन नैपिल्स के राजा 'एलोंजो' के सहयोग से एंटोनियो ने अपने बड़े भाई का पद हथिया लिया और उसे उसकी तीन वर्ष की पुत्री 'मिरैंडा' सहित समुद्र में एक जर्जर नौका पर बिठाकर राज्य से हमेशा के लिए निष्कासित कर दिया। पिता और पुत्री संयोग से एक अज्ञात विजन द्वीप के किनारे आ लगे। इस द्वीप में 'साइकोरेक्स' नाम की एक भयंकर डायन रहती थी और प्रास्पेरो के यहाँ पहुँचने के कुछ समय पूर्व ही उसकी मृत्यु हुई थी। अनेक अच्छी आत्माएँ, जिन्होंने साइकोरेक्स के कुत्सित आदेशों का पालन करने से इंकार किया था, साइकोरेक्स द्वारा दंडित, प्रताड़ित होकर पेड़ों में क़ैद थीं। 'एरियल' इनमें प्रमुख था। प्रास्पेरो ने अपनी गुप्त विद्या की शक्ति का उपयोग करते हुए इन्हें मुक्त किया और इन्हें अपना अनुचर बना लिया। यहीं प्रास्पेरो को साइकोरेक्स का इकलौता बेटा 'केलिबान' भी मिला। केलिबान शरीर और मन, दोनों से आधा मनुष्य और आधा पशु था। केलिबान को पढ़ा-लिखाकर योग्य बनाने का प्रयत्न प्रास्पेरो और उसकी पुत्री मिरैंडा ने किया लेकिन संभवतः अपनी माँ से मिले हुए स्वभाव के कारण वह अधिक कुछ सीख नहीं सका। विवश होकर प्रास्पेरो ने उसे गुलाम के रूप में रखा। आलसी होने की वजह से केलिबान को जब-तब मालिक की डाँट-फटकार सुननी पड़ती थी। केलिबान को चिढ़ाने और उसे शारीरिक यंत्रणा पहुँचाने में स्वभावतः एरियल को विशेष आनंद आता था, क्योंकि वह उसी दुष्टा साइकोरेक्स का पुत्र था जिसने एरियल को कभी घोर यंत्रणाएँ दी थीं।

इसी प्रकार अनेक वर्ष बीत गए। संयोग से एक दिन जब प्रास्पेरो के सारे शत्रु उस द्वीप के पास से गुज़र रहे थे, प्रास्पेरो ने अपनी गुप्त शक्ति का सहारा लेकर उनके जहाज़ को एक मायावी तूफ़ान उठाकर समुद्र में डुबो दिया और उनमें से जो प्रमुख थे, उन्हें द्वीप में ला पटका। इसी जहाज पर नैपिल्स के राजा एलोंजो का रूपवान बेटा 'फर्डिनैंड' भी था जिसे प्रास्पेरो ने एरियल के द्वारा अपने पास बुलवाकर शेष सभी को उसकी खोज में इधर-उधर भटकने के लिए छोड़ दिया। फर्डिनैंड और मिरैंडा प्रथम दृष्टि में ही एक-दूसरे पर अनुरक्त हो गए। उधर एंटोनियो और सेबेस्टियन (एलोंजो का छोटा भाई) राजा (एलोंजो) की हत्या का षड्यंत्र रचने में लग गए पर ऐन मौक़े

पर अदृश्य एरियल द्वारा राजा और उसके सरदारों को जगा दिए जाने के कारण वह योजना पूरी नहीं हो सकी। इधर स्टीफेनो (राजा का शराबी रसोइया) और ट्रिंक्यूलो (विदूषक), जो अपने दल से बिछुड़ गए थे, की भेंट केलिबान से हो गई। केलिबान को शराब पिलाई गई और तीनों ने मिलकर प्रास्पेरो की हत्या का षड्यंत्र रचा। प्रास्पेरो ने एरियल को पहले एलोंजो और उसके साथियों के पास उनके पूर्वकृत अपराधों के लिए पश्चाताप कराने के लिए दंडित करने का काम सौंपा। इसी के साथ फर्डिनैंड और मिरैंडा के मनोरंजन के लिए उनके विवाहोपलक्ष्य में अनेक परियों द्वारा एक कठपुतली-नृत्य भी आयोजित कराया गया। प्रास्पेरो ने समस्त षड्यंत्रकारियों को अपने सामने बुलवाकर लज्जित किया और अपने भाई एंटोनियो से अपना ड्यूक पद वापस ले लिया। एलोंजो ने अपने बेटे फर्डिनेंड और पुत्रवधू मिरैंडा को आशीष देते हुए प्रास्पेरो से अपने पूर्व अपराधों के लिए क्षमा माँगी। इसी समय जहाज के स्वामी ने आकर सूचना दी कि जहाज अपनी पूर्व स्थिति में तैयार खड़ा है। प्रास्पेरो ने अपनी जादुई विद्या को हमेशा के लिए त्याग देने की घोषणा की और दूसरे दिन सबके साथ लौट चलने का निश्चय किया। एरियल और उसके साथियों को भी पूर्ण स्वतंत्रता मिल गई।

इस अनुवाद के सुरुचिपूर्ण प्रकाशन की पृष्ठभूमि में मेरे सुयोग्य शिष्य डॉ. ब्रजगोपाल सिंह की तत्परता अविस्मरणीय है। उन्हें धन्यवाद कैसे दूँ ?

–डॉ. उपेन्द्र

59/1, बिरहाना रोड
कानपुर-1

पात्र-परिचय

एलोंजो	:	नैपिल्स का राजा
सेबेस्टियन	:	उसका भाई
प्रास्पेरो	:	मिलान का असली ड्यूक
एंटोनियो	:	उसका भाई, जिसने मिलान की गद्दी हड़प ली है
फर्डिनेंड	:	नैपिल्स के राजा का पुत्र
गोंजालो	:	एक पुराना ईमानदार राज्याधिकारी
एड्रियन		
फ्रांसिस्को	:	सरदार
केलिबान	:	एक बर्बर विरूप गुलाम
ट्रिंक्यूलो	:	एक विदूषक
स्टीफेनो	:	एक शराबी रसोइया
मिरैंडा	:	प्रास्पेरो की पुत्री
एरियल	:	एक वायव्य आत्मा
जहाज का स्वामी		
केवट (सहायक)		
मल्लाह		
आइरिस		
सिरीज़		
जूनो		
अप्सराएँ		
किसान		
प्रास्पेरो की सेवा में अन्य आत्माएँ		

पहला अंक

पहला दृश्य

(समुद्र में जहाज पर। तूफान और बिजली की कड़क का भयानक स्वर सुनाई देता है)

(जहाज के स्वामी और उसके सहायक केवट का प्रवेश)

जहाज का स्वामी : केवट !

केवट : हाजिर हुआ मालिक ! क्या हुक्म है ?

जहाज का स्वामी : जाओ, मल्लाहों को जल्दी तूफान की खबर दो। फौरन जाओ। हम किनारे की तरफ तेजी से बहे जा रहे हैं। जल्दी करो ! जल्दी करो !

(प्रस्थान)

(मल्लाहों का प्रवेश)

केवट : घबड़ाओ नहीं मेरे शेरों ! हौसला बुलंद रखो। जल्दी से ऊपर का मस्तूल सँभालो। हाँ, मालिक की सीटी सुनते रहो। बस, किसी तरह यह भयानक चट्टानोंवाला कगार हम बचा जाएँ फिर यह तूफान अपना कलेजा निकाल ले...हमें कोई परवाह नहीं।

(एलोंजो, सेबेस्टियन, एंटोनियो, फर्डिनेंड, गोंजालो तथा कुछ अन्य लोगों का प्रवेश)

एलोंजो : होशियार ! केवट !! होशियार !!! कप्तान कहाँ है ? देखो, इस समय हिम्मत और बहादुरी से काम करने की जरूरत है।

केवट : मैं आपसे बिनती करता हूँ, मेहरबानी करके नीचे ही रहिए।

एंटोनियो : केवट, तेरा मालिक कहाँ है ?

केवट : क्या आपको उनकी आवाज़ सुनाई नहीं देती ? आप हमारी सारी मेहनत बेकार कर देंगे। केबिन में ही रहिए। इस तरह तो आप तूफान को मदद दे रहे हैं।

गोंजालो : नहीं, भले आदमी ! जरा धीरज रख।

केवट : पहले समुद्र तो धीरज रखे। ये दहाड़ती हुई आँधियाँ और लहरें किसी राजा की परवाह नहीं करेंगी। केबिन में जाइए और चुप रहिए...हमें तंग मत कीजिए।

गोंजालो : ठीक है; फिर भी ध्यान रख कि जहाज पर कौन चल रहा है ?

केवट : ऐसा कोई आदमी इस जहाज पर नहीं है, जिसे मैं अपने से ज्यादा प्यार करूँ। आप सलाह तो अच्छी दे लेते हैं। इस तूफान को भी समझा लीजिए तो बड़ा अच्छा हो। हम बेकार रस्से क्यों खींचें ? दिखाइए इस पर अपना जोर; और अगर नहीं दिखा सकते तो अपनी जी हुई ज़िंदगी के लिए ईश्वर को धन्यवाद दीजिए और चुपचाप केबिन में बैठकर उस आखिरी वक़्त का इंतजार कीजिए जो शायद अब जल्दी ही आने को है। इसलिए मैं आपसे कहता हूँ...मेहरबान ! न इस तरह हिम्मत हारें और न हमारे काम में दखल दें।

(प्रस्थान)

गोंजालो : इस आदमी को देखकर कम-से-कम मुझे तो बड़ी राहत मिली है। इसके माथे पर साफ लिखा है कि इसकी मौत समुद्र में डूबने से नहीं, जमीन पर फाँसी लगने से होगी। ईश्वर करे, इसका भाग्य इसे जल्द फाँसी के फंदे तक पहुँचाए। कौन जाने, इसकी तकदीर में लिखी फाँसी का रस्सा ही हमारे जहाज के लंगर का रस्सा बने क्योंकि हमारे अपने रस्से तो सब बेकार हो गए हैं। हाँ, अगर इसके भाग्य में फाँसी नहीं है तो फिर हमारा भगवान ही मालिक है।

(प्रस्थान)

(केवट का पुनः प्रवेश)

केवट : ऊपरवाला मस्तूल झुकाओ। नीचे—हाँ, और नीचे।

(केबिन के भीतर यात्रियों की चीत्कार)

गाज गिरे इस चिल्लपों पर। इस तूफान की गरज और हम लोगों की आवाजें मिलकर भी इनकी चीखों के आगे दब जाती हैं।

(सेबेस्टियन, एंटोनियो और गोंजालो का पुनः प्रवेश)

फिर आ गए ! मैं पूछता हूँ, आप यहाँ क्या करने आए हैं ? क्या आप लोग यही चाहते हैं कि हम हाथ-पैर डाल दें और डूब मरें ? क्या डूबने की ही मंशा है ?

सेबेस्टियन : तेरे मुँह में आग लगे ! हरामखोर ! कमीने ! भौंकने कुत्ते !

केवट : तब आओ, करो आके काम।

एंटोनियो : हरामी पिल्ले, तुझे मौत आए। बदतमीज ! भड़भड़िए !! अबे, हम डूबने से उतना नहीं डरते जितना तू डरता है।

गोंजालो : शर्त लगा सकता हूँ—यह डूबकर नहीं मरेगा, भले ही जहाज अखरोट के छिलके की तरह हलका हो जाए और किसी रजस्वला के रक्तस्राव की तरह बहने लगे।

केवट : खींचो। और खींचो ! अगले और पिछले...दोनों पाल खोल दो। जहाज को बीच में लाओ।

(भीगे हुए मल्लाहों का प्रवेश)

मल्लाह : सब खत्म हो रहा है। प्रार्थना करो। बस प्रार्थना !

(प्रस्थान)

केवट : ऐं ? तो बचने की कोई उम्मीद नहीं ?

गोंजालो : राजा और कुमार प्रार्थना के आसन पर,
हम भी उस सर्वोच्च शक्ति के सम्मुख नत हों;
क्योंकि सभी के सिर पर यह दारुण विपत्ति है !

सेबेस्टियन : मेरा धीरज तो अब बिलकुल टूट चुका है।

एंटोनियो : लुटी जिंदगी इन पियक्कड़ों के चक्कर में,
बड़बोले बदमाश, हाय, तू जाने कब से...
बकता था अनिष्ट, हे ईश्वर ! इसे डुबोएँ,
इसे गलाएँ एक नहीं, दस ज्वार जलधि के !

गोंजालो : पर इसको तो फाँसी लगती, तभी ठीक था—
यद्यपि यह तूफान भयंकर हो विरुद्ध इस
भाग्य-लेख के, इसे निगलने को आतुर है।

(अंदर से घबड़ाहट की आवाज में)

दया करो हे जीवन स्वामी ! दया करो हे !
हम सब डूब रहे हैं हम पर दया करो हे !
प्यारे स्वजनो, प्यारे शिशुओ और रमणियो !
जहाँ कहीं हो, तुम्हें अलविदा ! तुम्हें अलविदा !!

एंटोनियो : आओ, हम सब महाराज के साथ मरेंगे !

सेबेस्टियन : आओ, हम सब लें उनसे आखिरी विदाई !

(एंटोनियो और सेबेस्टियन का प्रस्थान)

गोंजालो : आज मुझसे कोई सिर्फ एक एकड़ भूमि के लिए मीलों तक फैला यह विशाल समुद्र माँगे तो मैं बे-झिझक दे दूँ, और इसके बदले भूमि कैसी भी हो, कंकरीली या काँटों-भरी...मैं सहर्ष ले लूँगा ! ईश्वर ! तेरी जैसी इच्छा ! काश, मैं अपनी देह धरती पर छोड़ता !

दूसरा दृश्य

(द्वीप—प्रास्पेरो की गुफा के सामने)

(प्रास्पेरो और मिरैंडा का प्रवेश)

मिरैंडा : मेरे प्यारे पिता, आपने ही यदि अपने
कौशल बल से यह भीषण तूफ़ान उठाया
है समुद्र में तो मेरी विनती है, इसको
शांत करें अब। लगता जैसे नभ से कालिख
बरस रही हो और सिंधु लहरें उछालता
टक्कर लेता हो बढ़कर उस प्रलय-ज्वाल से।
वह सुंदर जलयान और उसके सब प्राणी
कितना संकट झेल रहे हैं वे बेचारे।
आह, पिता ! मैं उनके दुख से विकल हो रही
था कैसा वह पोत सजीला और यात्री
भी जरूर कुछ होंगे उसमें सुघर सलोने
पर बिलकुल वह टुकड़े-टुकड़े हुआ और उन
दुखियों की चीत्कार हृदय को चीर रही है;
बेचारे मर मिटे व्यर्थ में...हाय, व्यर्थ में !
यदि मैं कोई शक्तिशालिनी देवी होती,
निश्चय ही यह सिंधु सुखा देती निज बल से
निगल न पाता जिससे वह उस सुभग पोत को;
बच जातीं वे प्रिय आत्माएँ !

प्रोस्पेरो : धीरज धर, मत डर बेटी अब,
तेरा सदय हृदय सुन ले यह सुखद सूचना
हुआ किसी का बाल न बाँका !

मिरैंडा : बड़ी अभागिन घड़ी आज की !

प्रास्पेरो : लेकिन हुआ न कुछ अनिष्ट है !
गो कि किया था जो कुछ मैंने, वह भी केवल
तेरे खातिर, तेरे ही कल्याण के लिए,
मेरी प्यारी बेटी, केवल तेरे हित में !
तू जो यह भी नहीं जानती, तू है कौन,
और मैं तेरा पिता अभागा नाम प्रास्पेरो
आया बसने यहाँ कहाँ से ? एक गुफा ही
अब जिसकी संपत्ति आज है, वह पहले कुछ
और कभी था।

मिरैंडा : बेशक यह तो कभी न मेरे मन में आया
कि मैं आपसे कुछ पूछूँ इसके बारे में।

प्रास्पेरो : अब आया है समय, तुझे सब कुछ बतलाऊँ
पर पहले उतार दूँ यह जादूई चोगा
बेटी, जरा सहारा तो दे !
(चोगा उतारता है)
(चोगे की ओर संकेत करते हुए)
ठहर अरी जादुई कला तू तनिक देर को
(मिरैंडा से)
हाँ, पहले तू अश्रु पोंछ ले निज नयनों के
स्वस्थ चित्त से सुन फिर मेरी बात, सलोनी,
यह जो दारुण दृश्य सिंधु में भग्न पोत का
देखा तूने और हृदय तेरा भर आया
संवेदन से, मैंने अपने जादू बल से
ऐसी कुशल व्यवस्था की थी, एक व्यक्ति भी
उस जहाज का, जिसे कि तूने डूबा देखा
या जिसकी चीत्कार सुनी थी मर्मभेदिनी,
रक्षित रहा, बाल भी बाँका हुआ न उसका।
बैठ यहाँ पर बेटी, मुझको अभी कहानी
शेष सुनानी !

मिरैंडा : यह तो अक्सर किया आपने, शुरू कहानी
करके पहले, रुके बीच में यह कहने को
अच्छा ठहर, अभी शायद वह समय न आया।

प्रास्पेरो : मेरी बेटी, अब सचमुच वह समय आ गया;
कान खोल सुन जो मैं कहता; क्या तुझको कुछ
याद उन दिनों की, जब हम थे यहाँ न आए ?
शायद तुझको याद न होगी कुछ भी तब की
क्योंकि उस समय तू मुश्किल से तीन बरस की
ही बच्ची थी !

मिरैंडा : मुझको अच्छी तरह याद है।

प्रास्पेरो : क्या है तुझको याद, बता तो,
है कोई मकान या आकृति किसी व्यक्ति की ?
कौन शक्ल तेरी स्मृति में अटकी अब भी है ?

मिरैंडा : धुँधली-सी है याद मुझे उन विगत दिनों की;
भूले-बिसरे स्वप्न सरीखी...नहीं वास्तविक

घटना जैसी; अच्छा, पहले यह बतला दें
रहती थीं क्या चार-पाँच दासियाँ कभी
मेरे पालन को ?

प्रोस्पेरो : इतनी ही क्यों ? इससे भी ज्यादा थीं तेरे
पास मिरैंडा। लेकिन है आश्चर्य, तुझे वह
बात अभी तक याद बनी है, भला और क्या
याद तुझे है अपने उस धुँधले अतीत की,
जब हम यहाँ नहीं आए थे, फिर तो शायद
यह भी तुझको याद बनी हो, कैसे आई—
भला इस जगह ?

मिरैंडा : वह तो मुझको याद नहीं है।

प्रास्पेरो : अच्छा तो सुन, केवल बारह वर्ष हुए जब
तेरा पिता शक्तिशाली शासक मिलान का
था, वह राजपुत्र बड़भागी इस धरती पर।

मिरैंडा : श्रीमन्, मेरे पूज्य पिता क्या आप नहीं हैं ?

प्रास्पेरो : बेटी, तेरी माँ जो थी आदर्श गुणवती
साध्वी नारी, उसने स्वयं कहा था, तू है
मेरी तनया और पिता तेरा यानी मैं
ही खुद था शासक मिलान का,
थी तू राजकुमारी प्यारी एकमात्र
संतान हमारी।

मिरैंडा : हे भगवान ! न जाने तब किस कुटिल चक्र से
हम दोनों वह जगह छोड़कर यहाँ आ गए
या कि हमारा आना था वरदान नियति का ?

प्रास्पेरो : दोनों बातें सच हैं बेटी ! कुटिल चक्र ही
था वह, जिसने हमसे अपना देश छुड़ाया,
लेकिन यह भी सच है, हमको हुईं सहायक
दिव्य शक्तियाँ, जोकि यहाँ पर हम सकुशल हैं !

मिरैंडा : पिता, आपके लिए मुसीबत कितनी भारी
हूँगी मैं उस समय, गो कि यह कुछ भी मुझको
याद नहीं अब, किंतु कल्पना उसकी अब भी
हृदय विदीर्ण हाय, कर देती। फिर क्या आगे
हुआ, बताएँ।

प्रास्पेरो : बेटी, मेरा भाई यानी तेरा चाचा
भी रहता था साथ हमारे हाथ बँटाता

राज्य-कार्य में; एंटोनियो नाम उसका था।
आज सोचता हूँ मैं बेटी, कोई अपना
भाई भी हो सकता इतना घातक, कपटी !
ऐसा भाई जिसको तेरे सिवा धरा पर
शायद सबसे ज्यादा मैंने प्यार किया था,
जिसके हाथों में सारी सत्ता सौंपी थी,
नाममात्र को मैं शासक था;
और उस समय की रियासतों में था पहला
नाम हमारे ही मिलान का; और उस समय
सब ड्यूकों में सबसे ज्यादा जो प्रसिद्ध था,
सुरुचि, सभ्यता और ज्ञान-गरिमा-गौरव में
अद्वितीय जो, उसका नाम प्रास्पेरो ही था।
अपनी रुचि के इन विषयों में मेरा इतना
मन लगता था, काम राज्य के छोड़ दिए थे
मैंने भाई के करने को, आँख फेर ली
मैंने सबसे, डुबो दिया अपने को अविकल
अतल गुप्त विद्या के जल में ! सुनती तो हो ?

मिरैंडा : जी, मैं सुनती बड़े ध्यान से !

प्रास्पेरो : जब वह सीख चुका शासन के तौर-तरीके,
न्यायालय में बैठ याचिकाओं पर अपने
निर्णय देना, किसे जिताना, किसे हटाना,
केवल अपनी शक्ति-वृद्धि या स्वार्थ-पूर्ति को
किसे बढ़ाना और किसे चाहिए गिराना,
तब उसने उन सब लोगों को जो मेरे थे
पूरी तरह बदलकर मानो पुनः बनाया,
बदल गए ढंग, बदलीं उनकी चित्त-वृत्तियाँ,
चलने लगे लोग फिर उसके संकेतों पर !
शासन की कुंजी हथियाकर क्रमशः उसने
शासक के हाथों से सब अधिकार समेटे,
मेरे लिए बन गया तब वह विषम वल्लरी,
जिसने मेरी सत्ता के उस वृक्ष-वृंत से
लिपट जीवनी-शक्ति चूस ली। तू सुनती है ?

मिरैंडा : बहुत ध्यान से !

प्रास्पेरो : बेटी, बहुत ध्यान से सुनना, अब जो कहता—
इस प्रकार मैं जग-जीवन के कोलाहल से

उदासीन हो, अपने पठन-मनन-चिंतन हित
हुआ समर्पित पूर्ण विजन एकांत क्षणों को।
जाहिर है, ऐसी दिनचर्या बस विरक्ति को
छोड़ सभी कुछ जिसको लोक समादर देता,
अति साधारण समझ धूल में फेंक चुकी थी,
और तभी भाई के मन में जगी कुटिलता
मैंने उस पर जो अपार विश्वास किया था
जन्म उसी ने दिया अंध विश्वासघात को,
जैसे सज्जन पिता जन्म दे अधम पुत्र को,
मेरा वह विश्वास अपरिमित पाकर उसने,
नहीं सिर्फ संपदा समेटी, बल्कि शक्ति भी;
उसके भीतर छिपकर जो पापी बैठा था,
उसने एक झूठ को सच का रूप दे दिया,
मान लिया मन ही मन उसने ड्यूक स्वयं को।
मेरा प्रतिनिधि बनते ही वह और प्राप्त कर
सब सुविधाएँ, साधन औ' स्वामित्व शक्ति का
हुआ महत्त्वाकांक्षी इतना...री सुनती है ?

मिरैंडा : कथा आपकी ऐसी जिसको सुने वधिर भी।

प्रास्पेरो : उसने सोचा, प्रतिनिधि बनकर शासन करना
असली शासक के स्वरूप का अभिनय-भर है,
बात बने तब, मिले जब कि अभिषेक ड्यूक का।
रही बात मेरी, तो मेरे लिए राज्य क्या ?
मुझ गरीब के लिए पुस्तकालय काफी था।
और ड्यूक का पद पाने को उसकी भूखी
आकांक्षा ने इतना लंबा मुँह फैलाया,
मुझे हटाने को उसने षड्यंत्र रचाया;
छिप-छिपकर की साँठ-गाँठ नैपिल्स नृपति से
सालाना खिराज़, नज़राना अर्पित करने—
की स्वीकृति दे, उसने अपने राजमुकुट को
स्वयं दूसरे राजा के चरणों में रक्खा,
और झुकाया ऊँचा सिर उस राज्य-शक्ति का
जिसने नहीं किसी की सत्ता स्वीकारी थी !
हा, मिलान ! दुर्भाग्य निठुर था कितना तेरा
जो तुझको यह मिली दीनता-भरी दासता।

मिरैंडा : हे परमात्मा !

प्रास्पेरो : जरा सोच जो वचन दिए थे मेरे भाई
ने सहर्ष नैपिल्स नृपति को उस करार में
जो जल्दी ही अब आगे आनेवाले थे
बता मुझे फिर बेटी, क्या वह मेरा भाई
कहलाने के भी काबिल था ?

मिरैंडा : होगा यह अपराध, अगर मैं अपनी दादी
के बारे में कोई नीच बात सोचूँ भी
इतना ही बस कह सकती हूँ—
'भली कोख से जन्मा करते हैं कपूत भी !'

प्रास्पेरो : बेटी, यह जो राजा था नैपिल्स राज्य का
मेरा सबसे कुटिल शत्रु था, इसीलिए ही
उसने मेरे भाई के इस घृणित निवेदन
को तुरंत स्वीकार कर लिया इस करार पर
भेज सैन्य-दल अपना, मेरी राज्य भूमि से
फेंक निकालेगा वह मुझको मेरे अपनों
को भी जबरन दे मुझको निर्दय निर्वासन
दिलवाएगा मेरे भाई को सिंहासन,
औ' सारे सम्मान राज्य के, प्रभुता सारी,
बदले में लेगा वह उससे सालाना खिराज़—
नज़राना, जो कुछ भी तय किया गया हो।
यही सोचकर फौज एक विश्वासघातिनी
खड़ी की गई और एक दिन मध्य रात्रि में
एंटोनियो खोल आया वे द्वार, सुरक्षित
जो मिलान को किए हुए थे; घुप्प अँधेरे
में ही भाड़े के हथियारबंद वे सैनिक
हमें खींच ले गए वहाँ से। उस क्षण बेटी,
हाय, रो रही थी तू कैसी ?

मिरैंडा : आह, मुझे है याद न तब के उस रोदन की
किंतु आज की करुण कथा यह सुनकर लगता
अश्रु व्यथा के नहीं रोक पाएँगी आँखें !

प्रास्पेरो : अभी और सुन बेटी, फिर मैं आता हूँ उस
मुख्य अंश पर जिसको जाने बिना लगेगी
पूर्व कथा यह कटी-कटी सी !

मिरैंडा : है आश्चर्य, उन्होंने हमको छोड़ दिया
कैसे जीवित ही ?

प्रास्पेरो : बेटी, तेरा प्रश्न उचित औ' स्वाभाविक है !
लाडो मेरी, ऐसा कर सकने की हिम्मत
नहीं दिखा सकते थे वे सब; क्योंकि प्रजा का
डर था उनको, जो मुझको चाहती बहुत थी;
वे हत्या के रक्त चिह्न से अपना काम–
बिगाड़ डालते, जो दिखता था स्वच्छ स्निग्ध-सा,
सरल-श्वेत आभा में जिसके कुटिल प्रयोजन
खूब छिपे थे। खैर, कहूँ थोड़े में अपनी
बात, हमें वे चढ़ा पोत पर भेज गए खुद
ही समुद्र में कुछ दूरी तक, जहाँ उन्होंने
एक भग्न जर्जर नौका का ढाँचा रख छोड़ा
था, जिसमें रस्से या मस्तूल कुछ नहीं–
जो चूहों के भी रहने को पूर्ण सुरक्षित
शायद ही था; उसमें बिठलाकर हमको वे
छोड़ गए उस महासिंधु में, भीषण लहरों
के गर्जन में, सिर्फ़ चीखने-चिल्लाने को;
और आँधियों के प्रलंब उन निश्वासों के
बीच सांत्वना की आशा में, दर्दीली आहें
भरने को !

मिरैंडा : हाय, रही हूँगी मैं कितनी कष्टदायिनी
पिता, आपको !

प्रास्पेरो : आह, स्वर्गकन्या बन तूने मुझे बचाया।
तेरी वह मुस्कान मनोरम दिव्य शक्ति-सी
भरती थी प्रेरणा हृदय में, जब असह्य उस
विपद-भार से दबा दीन हो मैं कराहता
बरसाता था क्षार अश्रु उस क्षार सिंधु में;
वह तेरी मुस्कान-ज्योति ही थी, जिसने फिर
मुझमें वह दुर्दम्य तेज भर दिया कि मैंने
ललकारा अदृष्ट को निर्भय शीश उठाकर !

मिरैंडा : फिर हम कैसे लगे किनारे ?

प्रास्पेरो : केवल ईश्वर की इच्छा से !
कुछ भोजन था और पेयजल पास हमारे
दिया हमें जो एक व्यक्ति ने सहृदयता से
गोंजालो था नाम, गो कि नैपिल्स निवासी,
मुख्य प्रबंधक था नियुक्त इस कठिन कार्य में;

दिए उसी ने वस्त्र, वस्तुएँ सब प्रकार की—
आवश्यक सामान हमारे बड़े काम का,
और पुस्तकें, जो प्यारी थीं मुझे रियासत
से भी ज्यादा, भिजवाईं उसने निकालकर
मेरे प्रिय पुस्तकागार से !

मिरैंडा : आह, कभी क्या देख सकूँगी इन आँखों से
उस मानव को ?

प्रास्पेरो : अब उठता हूँ ! *(चोगा पहनता है)*
बैठी रह, बेटी, चुप थोड़ी देर और बस
सुन ले उपसंहार हमारी कष्ट-कथा का—
आखिर आ पहुँचे हम दोनों यहाँ एक दिन।
इसी द्वीप में मैंने तुझको पाल-पोसकर
बड़ा किया है, अपने शिक्षण-संरक्षण में
रखकर तुझको, वह व्यक्तित्व दिया है मैंने,
प्रासादों में जिसे न पातीं राजपुत्रियाँ;
वे फिजूल के खेल-तमाशों में अनमोल
समय खोती हैं; और रही शिक्षा, सो वह भी
वेतन-भोगी शिक्षक उनको क्या देते हैं ?

मिरैंडा : उसके लिए आपकी बेटी चिरकृतज्ञ है।
अब मेरी प्रार्थना आपसे, मुझे बताएँ—
वह भीषण तूफान उठाया क्यों समुद्र में ?
क्योंकि प्रश्न यह मन में अब भी खटक रहा है।

प्रास्पेरो : यही तुझे अब बतलाता हूँ।
मेरी भाग्य-शक्ति ले आई मेरे सारे—
शत्रुजनों को इसी द्वीप में सिंधु-तीर पर।
कितना अद्‌भुत यह सुयोग है ! और भविष्य-
ज्ञान की अपनी सहज शक्ति से मैंने जाना,
स्वर्णकाल मेरे जीवन का आया ले अनुकूल
ग्रहों को, जिस पर मेरा सौख्य टिका है,
करूँ उपेक्षा इसकी तो फिर नहीं मिटेगा
कभी अँधेरा।
अब न पूछना कुछ भी मुझसे।
लगता, तुझको नींद आ रही, झुकी जा रहीं
पलकें तेरी, सो जा बेटी, तुझे सुलाने
को आतुर है निंदिया रानी ! तू न उसे

अब रोक सकेगी !

(मिरैंडा सो जाती है)

आ जा मेरे प्यारे अनुचर
मैं तुझसे मिलने को आतुर।
आ मेरे विश्वस्त सहायक
अरे एरियल ! आ जा, आ जा !

(एरियल का प्रवेश)

एरियल : जय हो, जय हो, शक्तिमान हे स्वामी मेरे !
सदा-सर्वदा विजय आपको दें जगदीश्वर !
कैसी भी इच्छा हो उसकी त्वरित पूर्ति को
नाथ, आपकी सेवा में प्रस्तुत यह अनुचर !
आज्ञा दें, मैं उड़ूँ गगन में, जल पर तैरूँ,
धँसू अग्नि में या कि चढ़ूँ कुंचित घन-रथ पर
हो कितना ही कठिन काम पर देर न होगी
तुरत करूँगा मैं या मेरे साथी-सहचर !

प्रास्पेरो : सागर में तूफान उठाने का जो काम तुझे
सौंपा था, क्या तूने पूरा कर डाला—
उसी तरह, जैसे समझाया था करने को ?

एरियल : अक्षर-अक्षर पालन कर आदेश आपका
बिलकुल उसी तरह मैंने वह कार्य किया है—
मैं राजा के सिंधु-पोत पर चढ़ा कि मैंने
मारी एक छलाँग शिखर पर; और त्वरित फिर
उतर मध्य में, और इस तरह दाएँ-बाएँ—
कभी खुले में, कभी कक्ष में, पलट तुरत मैं
अग्नि-लपट बन झपटा उन पर, लपटें उनको
जगह-जगह पर पड़ीं दिखाई, जलता था शहतीर
और आधार-दंड, मस्तूल—सभी कुछ,
और इस तरह खंड-खंड प्रज्वलित अनल बन
बदल रूप मैं, फिर अखंड ज्वाला बन जाता।
वह भीषण घन घोष, कौंधती विद्युतमाला
विकल बरसती वह्नि, टूटता वज्र भयंकर,
पिछड़ गया क्रोधित सुरपति का अशनि-पात भी
लगता था घिर सभी ओर से महाप्रतापी
वरुण देव ने उत्तेजित हो, प्रलय ऊर्मियाँ
भड़काकर, कंपित निज कर में उठा लिया

घातक त्रिशूल था।

प्रास्पेरो : साधु ! साधु ! हे वीर आत्मा, बता मुझे अब
कौन पुरुष उनमें था ऐसा धीर, अचंचल,
जिसका रहा विवेक अचल उस भय-हलचल में !

एरियल : नहीं व्यक्ति कोई भी ऐसा, जो उस क्षण विक्षिप्त
नहीं था, सब के सब व्याकुल विमूढ़ थे।
और उसी मानसिक दशा में, छोड़ नाविकों
को जहाज पर कूद पड़े वे विकल सिंधु में !
कूदा पहले वह कुमार नैपिल्स राज्य का
फर्डिनेंड, जिसको कहते हैं, देखा मैंने
सिर के बाल खड़े थे उसके जैसे नरकुल
उगे हुए हों ! चिल्लाता था आर्त स्वरों में
'हाय नरक के सब पिशाच हैं यहाँ इकट्ठे !'

प्रास्पेरो : ठीक ! ठीक ! पर बता मुझे, तूने यह लीला
सिंधु-तीर के समीप ही तो दिखलाई थी ?

एरियल : तट के बहुत निकट, हे स्वामी !

प्रास्पेरो : मगर एरियल ! वे सब जीवित सकुशल तो हैं ?

एरियल : हुआ किसी का बाल न बाँका !
कपड़ों तक पर लगा न धब्बा, बल्कि साफ औ'
कुछ सुंदर ही वे पहले से दीख रहे हैं
कहा आपने जैसे, मैंने कुछ जत्थों में
उन्हें बिखेरा, होंगे वे सब इसी द्वीप में।
बेशक वह राजा का बेटा हुआ अकेला
अलग सभी से, जैसी स्वामी की इच्छा थी;
छोड़ा मैंने इसी द्वीप के एक बिजन कोने
में उसको, बैठा था वह बाँह समेटे
प्रकट वेदना की मुद्रा में, ठंडी आहों
से अपने को शीतल करता !

प्रास्पेरो : और हुआ क्या उस जहाज का ?
उस पर जो सवार थे नाविक-सैनिक-अनुचर
उन सब का भी हाल बताओ !

एरियल : है जहाज भी खड़ा सुरक्षित उस खाड़ी में
जहाँ आपने एक बार उस अर्धरात्रि को
मुझे बुलाकर भेजा था हिम-कण लाने को
दूर आँधियों वाले उस बरमूद द्वीप में।

गहरे जल की उस खाड़ी ही में मैंने वह
पोत छिपाया, और नाविकों को बंधन में
डाल पोत के अधो भाग में बंद कर दिया।
वे श्रम की थकान औ' मेरे इंद्रजाल की
प्रबल शक्ति के युगल बाहुओं में सोए हैं !
और रहे सैनिक-अनुचर, सो उनको मैंने
पहले भटकाया, फिर उसके बाद मिलाया;
वे हैं अब भूमध्य-सिंधु में, भारी मन से
चले जा रहे लौट पुनः नैपिल्स राज्य को
दोहराते मन में उस भीषण दुर्घटना को—
'हाय, गए सब के सब नृप, कुमार, मंत्रीगण !'

प्रास्पेरो : वाह एरियल, तूने अपना काम किया है—
बड़ी शान से, लेकिन अभी और कुछ बाकी,
बता मुझे, इस समय बजा क्या ?

एरियल : हुई दोपहर !

प्रास्पेरो : कम-से-कम दो बजे इस समय !
अब से छह बजने तक, यानी सिर्फ चार घंटों
में हमको खास काम कुछ निपटाना है।

एरियल : अभी और कुछ कार्य शेष हैं ?
स्वामी, कितना कष्ट आप मुझको देते हैं !
फिर-फिर याद दिलानी पड़ती मुझे इसी से
उस वादे की, जो न आपने पूर्ण किया है।

प्रास्पेरो : अरे, चिड़चिड़ाता तू क्यों है ? बोल भला क्या
तुझे चाहिए ?

एरियल : बस आजादी !

प्रास्पेरो : नियत समय से पहले ही ? तो नहीं मिलेगी।

एरियल : स्वामी, जरा याद कर देखें, इस सेवक ने
किस निष्ठा के साथ आपकी सेवा की है,
कभी न बोला झूठ, न होने दी त्रुटि कोई,
कभी न साधा वैर, नहीं की कभी शिकायत;
याद करें वह वचन, आपने दिया मुझे जो,
एक वर्ष पहले ही आजादी देने का।

प्रास्पेरो : लगता मुझको, भूल गया तू वह कठोर-
यातना कि जिससे मैंने तुझको मुक्त किया था।

एरियल : नहीं-नहीं प्रभु !

प्रास्पेरो : तू अवश्य ही भूल गया है।
क्षार सिंधु की अतल व्याप्ति में डुबकी लेकर
क्षुरित उत्तरी शीत-पवन के रथ पर चढ़कर
और तुषारावृता धरा के उर में धँसकर
तूने समझा, बहुत कर लिया ?

एरियल : नहीं-नहीं प्रभु !

प्रास्पेरो : झूठ बोलता अरे दुराशय !
भूल गया तू उस कुरूप-कुलटा डायन को,
जरा-जीर्ण औ' द्वेष-दग्ध जिसका तन झुककर
दोहरा दिखता था कमान-सा। तू उसको अब
भूल गया रे !

एरियल : नहीं, कदापि नहीं मेरे प्रभु !

प्रास्पेरो : नहीं-नहीं, बिलकुल तू भूला ! बोल—किस जगह
वह जनमी थी ?

एरियल : एरजीयर में !

प्रास्पेरो : एरजीयर में ! अब आई है अक्ल ठिकाने !
लगता मुझको, याद दिलानी तुझे पड़ेगी
कम-से-कम हर माह करुण तेरे अतीत की
जिसे भूलना सीख रहा तू ! तो सुन मुझसे—
वह अभिशप्त डाकिनी साइकोरेक्स भयंकर,
अपने घृणित क्रूर कर्मों के कारण दंडित-
निर्वासित की गई एक दिन एरजीयर से,
मगर छोड़ दी गई किसी कारण जीवित ही।
तुझे ज्ञात वह सब घटना है, क्या मैं कहता
ठीक नहीं हूँ ?

एरियल : बिलकुल ठीक आप कहते हैं !

प्रास्पेरो : कुटिल दृष्टिवाली वह डायन अपने शिशु
समेत इस थल पर गई छोड़ दी निपट अकेली
और यहीं पर उसने तुझको दास बनाया—
ऐसा तूने पहले मुझको स्वयं बताया,
अपनी मृदुल प्रकृति के कारण उसके कुत्सित
आदेशों का पालन नहीं किया जब तूने,
तब उसके दुर्दम्य क्रोध का लक्ष्य बना तू,
सबल पिशाचों द्वारा उसने तुझे पकड़कर
कैद कराया कटे चीड़ के एक पेड़ में,

पूरे बारह वर्ष जहाँ तू रहा बिलखता।
इसी बीच फिर किसी एक दिन वह डायन मर
गई, मगर तू रहा बंद वैसा का वैसा !
पनचक्की के पहिए-सा तू लगातार आहें
भर-भरकर क्रंदन करता रहा विकल हो;
और उस समय यहाँ द्वीप में, उस कुतिया
डायन के जाये सिर्फ एक चितकबरे पिल्ले
का अस्तित्व छोड़कर कोई मानव नामक
जीव नहीं था !

एरियल : केलिबान है पुत्र उसी का।

प्रास्पेरो : केलिबान, वह धूर्त, वही जो नौकर मेरा।
हाँ, तो मैं कहता था तुझसे—कितनी दारुण
कठिन यातना में तू पड़ा हुआ था—उस क्षण,
यह तू ही बतला सकता है, जब मैंने देखा
था तुझको। तेरे वे चीत्कार भयंकर
सुनकर जिनको हिंस्र भालुओं के भीतर भी
करुणा जागे और भेड़िए विवश रो पड़ें !
वह भीषण यातना घोरतम अंध नरक के
चिर अभिशप्त जीव की अंतहीन पीड़ा थी,
स्वयं साइकोरेक्स न जिससे त्राण दे सकी,
मैंने किया निवारण उसका अपनी प्रबल शक्ति
के द्वारा; जब मैंने वे सुनी कराहें—
तेरे आर्त कंठ से निकलीं, मैंने अपनी
गुह्य शक्ति का लिया सहारा, फटा चीड़ का
वृक्ष और तू बाहर निकला !

एरियल : स्वामी मेरे ! मैं कृतज्ञ हूँ सदा आपका !

प्रास्पेरा : यदि तूने फिर बड़बड़ की, तो मैं कीलूँगा
तुझको कठिन बलूत वृक्ष की उन गाँठों में
जिनमें फँसकर, तड़प-तड़पकर, तू काटेगा
पूरे बारह साल शीत के कठिन भयंकर !

एरियल : क्षमा करें अब मुझको स्वामी !
अब भविष्य में कभी न ऐसी गलती होगी।
मैं प्रसन्न-मन काम करूँगा सदा आपका।

प्रास्पेरो : ऐसा ही कर और मिलेगी दो दिन बाद
तुझे आजादी !

एरियल : धन्य आप हैं मेरे प्यारे अच्छे स्वामी।
दें आदेश, करूँ मैं पालन, काम बताएँ
तुरत करूँ मैं।

प्रास्पेरो : जा धारण कर सिंधु-अप्सरा का शरीर, फिर
हो मेरे सामने उपस्थित, किंतु छोड़कर
केवल मुझको, रह अदृश्य तू अन्य सभी को;
जल्दी कर, अब देर न कर तू !
(एरियल का प्रस्थान)
जाग लाड़ली बिटिया मेरी ! तुझको सोये
हुए हो गई कितनी देरी, जाग, जाग री !

मिरैंडा : कथा आपकी ऐसी थी विचित्र, सुन जिसको
हुई तबीयत मेरी भारी !

प्रास्पेरो : कर यह सुस्ती दूर, इधर आ, चलकर देखें,
केलिबान, वह क्या करता है जो न कभी
मीठा उत्तर दे मन हरता है।

मिरैंडा : पूरा खल है !
मुझको उसकी शक्ल देखना भी न गवारा।

प्रास्पेरो : लेकिन बेटी, चारा क्या है ? हमें चलाना
काम उसी से ! वही लादकर ईंधन लाता
वही फूँकता चूल्हा अपना, कितने काम
वही निपटाता ! केलिबान ओ ! केलिबान ओ !
कहाँ गया रे, ओ गुलाम ! मिट्टी के लौंदे !
अरे बोल तो !

केलिबान : *(नेपथ्य से)* ईंधन काफी रक्खा तो है !

प्रास्पेरो : अरे निकल तो बाहर पहले ! मैं कहता हूँ–
और काम है, जल्द निकल बाहर ओ कछुए !
(सिंधु-अप्सरा के रूप में एरियल का प्रवेश)
सुंदर वेश ! रूप अतिसुंदर ! आ मेरे प्रिय
मधुर एरियल ! सुन जा मेरी बात कान में !

एरियल : हाँ स्वामी ऐसा ही होगा !
(प्रस्थान)

प्रास्पेरो : अरे जहर के पुतले ! तेरा बाप सिवा–
शैतान छोड़कर, नहीं दूसरा कोई होगा।
चल रे जल्दी !
(केलिबान का प्रवेश)

केलिबान : घृणित ओस जो काले कौवे के पंखों से—
मेरी माँ बटोर लाती थी कृमि-कीचड़ से,
तुम दोनों पर गिरे खूब वह, दक्षिण-पश्चिम
बहनेवाला तप्त पवन वह झुलसाए यह
देह तुम्हारी, पड़ें फफोले अंग-अंग में !

प्रास्पेरो : धीरज धर, अपने इन शब्दों का फल तुझको
मिल जाएगा आज रात ही।
अंग-अंग तेरा टूटेगा जब ऐंठन से
और साँस भी लेना तुझको दूभर होगा,
सारी रात प्रेत नोचेंगे तुझे इस तरह
ज्यों ममाखियाँ डंक चुभोतीं मधु-छत्ते में;
यह पिशाच दंशन ममाखियों के डंकों से
कहीं भयंकर होकर, तेरे इस शरीर को
छेद-छेदकर मधु का छत्ता ही कर देगा।

केलिबान : यह मेरा भोजन था जिसको छीना तूने !
यह संपूर्ण द्वीप मेरा है, अपनी माँ से
मुझे मिला था, तूने मुझसे हड़प लिया है !
जब तू पहले पहल यहाँ पर आया, तूने—
पीठ ठोंक कर मेरी, मुझ पर प्यार जताया
और पिलाकर काफी पोटा औ' फुसलाया,
कितनी ही चीजों के मुझको नाम रटाए,
बड़ी ज्योति जो दिन में जलती उसका नाम
बताया सूरज, छोटी ज्योति रात जो जलती,
उसका नाम बताया चंदा। तब मैं तुझको
लगा चाहने और दिखा लाया मैं तुझको
सभी ठौर इस विजन द्वीप के, मीठे पानी
के झरने औ' स्रोत लवण के, उपजाऊ औ'
बंजर धरती ! है धिक्कार मुझे, जो मैंने
की यह गलती ! जादू, साइकोरेक्स जननि के
तुझ पर छूटें, मेढक, गुबरैले, चमगादड़
ये सब तेरे सिर पर टूटें ! हाय, गुलाम
बनाया तूने सिर्फ मुझे ही। मैं जो नहीं—
किसी भी राजा से कुछ कम था। किंतु क़ैद कर
इस चट्टान गुफा में मुझको, तू रखता है—
एक सुअर की तरह सभी से अलग यहाँ पर !

प्रास्पेरो : ओ रे झूठे ! हो सकता है असर सिर्फ
कोड़ों का तुझ पर, नहीं कभी तू पात्र दया का !
तू कदर्य था, फिर भी मैंने तुझको रक्खा
साथ गुफा में, दी मानव की करुणा-ममता,
पर तूने मेरी बेटी की इज्जत पर ही
घात लगाई !

केलिबान : काश, कर सका होता ऐसा !
लेकिन तूने बाधा डाली ! आह, अन्यथा
इसी द्वीप में कितने केलिबान विचरते !

प्रास्पेरो : घोर घृणा का पात्र अधम तू !
तुझ पर पड़नी सज्जनता की छाप असंभव !
पापों ही में तेरी गति है। मुझे दया आई
थी तुझ पर। कितनी कठिनाई से मैंने
तुझे बोलना सिखलाया था। नए ज्ञान के
कण देता था तुझे हर घड़ी। रे बर्बर ! जब
तू पशुओं की तरह सिर्फ ध्वनि कर सकता था,
मैंने तुझको दी शब्दों की सार्थक भाषा !
तेरी वाणी लगी खोलने अभिप्राय वे
पहले जो मन में घुटकर ही रह जाते थे।
पर शिक्षा से तेरा अधम स्वभाव न बदला
तेरी कुटिल प्रकृति ऐसी थी, भला आदमी
कोई तेरे साथ न पल-भर रह सकता था,
इसीलिए चट्टान गुफा में तुझे कैद कर–
मैंने रक्खा; वैसे तेरा उचित स्थान तो
कारागृह था !

केलिबान : तू ने जो भाषा सिखलाई, उससे मुझको
लाभ यही है–जी भर तुझे कोस सकता हूँ !
मुझको भाषा सिखलाने का भोगे तू
परिणाम इसी क्षण...प्लेग महामारी ले जावे
तुझे उठाकर इस धरती से।

प्रास्पेरो : रे डायन के बच्चे ! फौरन निकल यहाँ से।
ला ढोकर ईंधन। अब तेरा यही काम है।
रे विद्वेषी, सोच रहा क्या, तनिक अनिच्छा
या कि उपेक्षा यदि तूने अब दिखलाई तो
मैं तेरे जोड़ों में–तेरी हर हड्डी में

भर दूँगा वह दर्द कि दुख से तू चीखेगा
ऐसे, जिसको सुनकर पशु भी काँप उठेंगे !

केलिबान : *(स्वगत)* नहीं नहीं, ऐसा मत करना !
इसकी हुक्मउदूली बिलकुल नामुमकिन है।
सेटेबास वह जिसे पूजती मेरी माँ थी,
यह उसको भी अपना दास बना सकता है।
जाने कितना शक्तिमान यह !

प्रास्पेरो : तो जल्दी कर। निकल यहाँ से।

(केलिबान का प्रस्थान)

(अदृश्य रूप में गाते-बजाते हुए एरियल का प्रवेश)
(पीछे-पीछे फर्डिनेंड; एरियल का गीत)

गीत

स्वर्ण बालुका के पथ पर री,
धीरे-धीरे चल।
आ, हिलमिल कर नाचें-गाएँ
स्वर के साज बदल।
तेरे स्वर-चुंबन में खोईं
सागर की लहरें वे सोईं
अब तेरे नतिर्त चरणों से
हर्षित हो भूतल।
धीरे-धीरे चल।
अप्सरे !
धीरे-धीरे चल !
पकड़ गीत की टेक—
प्रतिध्वनि बिखर रही चंचल !
धीरे-धीरे चल !!
सुनो सुनो रे !
(प्रतिध्वनि (अव्यवस्थित) बाउ-बाउ !)
प्रहरी श्वान भूँकते देखो !
(प्रतिध्वनि (अव्यवस्थित) बाउ-बाउ !)
मैं सुनती हूँ तू भी सुन रे !
अरुण-चूड़ की ध्वनि यह गुन रे !
(प्रतिध्वनि—काके डिडिल डाउ)

फर्डिनेंड : यह संगीत आ रहा जाने कौन दिशा से ?
धरती से या मुक्त गगन से, पता न चलता।
लो अब नहीं सुनाई पड़ता। पर निश्चय ही
यहाँ देवता का निवास है; और उसी की
दिव्य अर्चना में झरतीं ये मंगल-ध्वनियाँ;
बैठा था मैं सिंधु किनारे, अपने प्यारे–
पूज्य पिता के चिर विछोह पर अश्रु बहाता
यह संगीत तैरता सागर की लहरों पर
छिपकर आया, अपनी मीठी स्वर-लहरी से
मेरा दुख औ' क्रोध सिंधु का इसने आकर
यों बहलाया, इसके साथ-साथ मैं आया,
या शायद यह खुद ही खींच मुझे ले आया।
पर अब पड़ता नहीं सुनाई। नहीं, नहीं, यह
ध्वनि कानों में फिर से आई !

(एरियल गाता है)

गीत

तेरा पिता सिंधु के तल में–
सोता पड़ा अतल उस जल में।
बनी अस्थियाँ विद्रुम उसकी
नयन बन गए मोती,
चमक देह की ऐसी, जैसी
दमक रत्न में होती,
कुछ भी हुआ विनष्ट न उनका
बस स्वरूप ही बदला
कुछ पहले से भी ज्यादा तन–
उनका उजला - उजला
शोभित है उनका शरीर अब
दिव्य जलधि-अंचल में।
करतीं नृत्य वहाँ पर आकर
दिव्य नयी अप्सरियाँ
उनके सुख के लिए बजाती
रहतीं नव किंकिणियाँ
घड़ी-घड़ी घंटियाँ प्रध्वनित
होतीं स्वर कल-कल में।

चिर अथाह उस जल में !
तेरा पिता...
डिंग डिंग डिंग डिंग
डुनुन डुनुन डिंग...

एरियल : अब घंटों की ध्वनि देती है साफ सुनाई !

फर्डिनेंड : निश्चय ही, उल्लेख गीत में मेरे सिंधु-
निमग्न पिता का। यह स्वर नहीं मर्त्य जीवों का,
कोई दिव्य शक्ति है, जिसकी ध्वनि ऊपर से
उतर रही है।

प्रास्पेरो : पलक-पटल सुकुमार दृगों के जरा उठाकर
देख सामने ! क्या दिखता है ?

मिरैंडा : यह क्या ? कोई दिव्य आत्मा ? कैसी विस्मित
दृष्टि चतुर्दिक घूम रही है ! कितना आकर्षक
स्वरूप है ! किंतु आत्मा है यह केवल,
नहीं देह है।

प्रास्पेरो : नहीं नहीं, बेटी ! यह खाता है, सोता है,
मानवीय चेतना हमारी जैसी इसमें।
वीर पुरुष यह खड़ा सामने दीख रहा जो,
यात्री था उस भग्न पोत का। कीट ग्रसित नव–
कुसुमकली सी कुम्हलाई मुख-कांति व्यथा में,
वरना है यह रूपवान व्यक्तित्व धरा का।
बिछुड़ गए जो संगी-साथी, उन्हें खोजता
घूम रहा है।

मिरैंडा : दिव्य पुरुष यह मुझको लगता, क्योंकि मानवी
आकृतियों में मैंने ऐसा रूप न देखा !

प्रास्पेरो : *(स्वगत)* सबकुछ ठीक चल रहा। मुझको यही इष्ट था।
रे वायव्य आत्मा ! तेरा कार्य सफल है;
दो दिन बाद अवश्य तुझे मैं मुक्त करूँगा।

फर्डिनेंड : यही, यही वह देवी, जिसके लिए हो रहा
वह गायन था। देवि, प्रार्थना करता हूँ यह,
मुझे बताओ, क्या हो तुम स्वामिनी द्वीप की ?
जिसमें मेरा श्रेय निहित हो, दो आदेश
वही करने को, और विनय मेरी अंतिम यह,
ओ अद्भुत छवि ! ओ निरुपमे ! बताओ मुझको,
तुम रमणी हो या कि कुमारी ?

मिरैंडा : अद्भुत कोई बात न मुझमें। हाँ, मैं एक
कुमारी ही हूँ !

फर्डिनेंड : बोल रहीं तुम मेरी भाषा ? ओ परमात्मा !
इस भाषा के जन जगती में जहाँ बसे हैं,
उनमें मेरा प्रथम स्थान है ! शायद मेरा
कथन ठीक ज्यादा तब होता, यदि इस क्षण
मेरे पग होते उसी भूमि पर।

प्रास्पेरो : कैसे प्रथम-स्थान तुम्हारा ? सुन लेते–
नैपिल्स नृपति यह, तब क्या होता, जरा बताओ !

फर्डिनेंड : एक अकेला आज बचा मैं, जो विस्मित हो–
कर सुनता है बात यहाँ नैपिल्स नृपति की,
श्रोता हैं नैपिल्स नृपति अब, रोता हूँ यह
कहते–वक्ता उस श्रोता से चिर अभिन्न है !
मैं ही हूँ नैपिल्स नृपति अब, थमे न आँसू
जिसके पल-भर, जबसे अपने पिता नृपति को
सिंधु-निमज्जित होते देखा !

मिरैंडा : आह, शोक ! प्रभु दया करो हे !

फर्डिनेंड : हाँ, अवश्य ही डूब गए वे और साथ में
कुछ विशिष्ट जन–जिनमें शामिल ड्यूक मिलान
प्रांत के, उनके प्रिय सुपुत्र भी !

प्रास्पेरो : *(स्वगत)* मैं मिलान का ड्यूक, बहादुर मेरी बेटी,
दोनों तेरी बात काट देते इस पल ही,
अगर उचित यह अवसर होता ! लो पहले ही
मिलन-दृश्य में इनकी आँखें जुड़ीं परस्पर।
मधुर एरियल मेरे ! तुझको इसके लिए
मुक्ति मैं दूँगा।

: *(फर्डिनेंड से)* एक शब्द, बस एक शब्द तुमसे अभ्यागत !
शायद तुमने अपनी बहुत हानि कर ली है।
एक बात मैं अभी कहूँगा।

मिरैंडा : मेरे पिता, आप इतने क्यों रूखे इन पर ?
यह तीसरे पुरुष, जिनको मैं देख रही हूँ
पर पहले मेरे जीवन में, जिनके लिए
हृदय उमड़ा है। करुणा मेरे पूज्य पिता के
अंतर को कोमलतम कर दे, मेरे उर की
स्नेह-भावना उसमें भर दे।

फर्डिनेंड : आह, आप हैं अगर कुमारी और अभी यदि
नहीं किसी को किया हृदय से वरण आपने,
तो मैं देता वचन—आप होंगी नैपिल्स
राज्य की रानी !

प्रास्पेरो : अरे जरा ठहरो भी तो तुम ! एक बात मुझ
को कहनी है !
: *(स्वगत)* ये दोनों ही एक-दूसरे के वश में हैं,
पर ऐसी भी जल्दी क्या है ? इनके सरल
मार्ग को मैं कुछ कठिन करूँगा। बहुत सरलता
से जो आता हाथ हमारे, जल्दी उसके
प्रति आकर्षण घटते सारे।
: *(फर्डिनेंड से)* सावधान ! पहले उसको दे कान सुनो, जो
मैं कहता हूँ—तुम राजा का नाम हड़पकर
जाल यहाँ रचने आए हो; यह जो तुमने
हमें बताया, वह न वास्तविक नाम तुम्हारा;
तुम आए हो यहाँ द्वीप में एक गुप्तचर
बनकर, मुझसे मेरी भूमि हड़प लेने को !

फर्डिनेंड : मैं निज पौरुष की सौगंध उठाकर कहता—
यह असत्य है !

मिरैंडा : नहीं पाप छिपकर रह सकता ऐसे भव्य
देह-मंदिर में; और अगर रह जाए कहीं वह,
सद्गुण फिर भी साथ न छोडेंगे इस तन का।

प्रास्पेरो : आ तू मेरे साथ, पैरवी कर मत उसकी,
है वह कोई बड़ा फरेबी !
: *(फर्डिनेंड से)* चल, मैं तुझको सिर से पाँवों तक बाधूँगा;
पीने को दूँगा समुद्र का खारा पानी;
रूखा सूखा मांस और वे नीरस जड़ियाँ;
और साथ में बस छिलके इन बंजु फलों के।
चल जल्दी से।

फर्डिनेंड : नहीं-नहीं, मैं इसका दृढ़ प्रतिरोध करूँगा
जब तक मेरा शत्रु परास्त न मुझको कर दे।
(खड्ग निकालता है पर जादू के प्रभाव से हाथ-पाँव हिलने बंद हो जाते हैं)

मिरैंडा : मेरे प्यारे पिता, आप इतने कठोर क्यों ?
ये सुशील हैं, क्रूर नहीं हैं !

प्रास्पेरो : क्या ? मेरे पद तल आश्रित ये, मुझको ही
शिक्षा अब देंगे ? ओ रे कपटी ! रख ले अपना
खड्ग म्यान में, व्यर्थ दिखाता इसे, चलाने
की न शक्ति है, तेरी आत्मा अपराधों से
घिरी इस तरह, कर सकता तू वार न मुझ पर !
मैं इस डंडे से ही तुझको पल-भर में
निःशस्त्र करूँगा ? खड्ग गिरेगा तेरा भू पर।

(फर्डिनेंड का खड्ग उसके हाथ से गिर पड़ता है)

मिरैंडा : *(उसका चोगा खींचते हुए)* पिता, प्रार्थना सुन लें मेरी !

प्रास्पेरो : खबरदार ! जो वस्त्र छुए तो !

मिरैंडा : पिता करें करुणा, मैं इनका जिम्मा लेती।

प्रास्पेरो : चुप रह, एक शब्द भी आगे तू बोली तो
मैं तेरी भर्त्सना करूँगा, नहीं घृणा यदि,
इस वंचक के लिए वकालत तू करती है ?

(मिरैंडा रोती है)

तू ने समझा होगा, जग में ऐसा सुंदर
पुरुष न कोई। तू ने धरती पर देखा क्या ?
एक इसे औ' दूजे बस उस केलिबान को ?
पागल लड़की, जाने कितने होंगे ऐसे,
जिनके सम्मुख यह दीखेगा केलिबान-सा,
देवदूत से होंगे वे इसकी तुलना में !

मिरैंडा : मेरा प्यार विनत इतना है, नहीं चाहता
अब वह देखे इससे सुंदर अन्य किसी को !

प्रास्पेरो : *(फर्डिनेंड से)* चल, मेरी आज्ञा पालन कर। तुझ में शक्ति
बालकों जैसी, है न रक्त यौवन का तेरी
नस-नाड़ी में !

फर्डिनेंड : हाँ, ऐसा ही लगता मुझको, जैसे मेरी
कर्म-चेतना हुई बंदिनी किसी स्वप्न में।
अपने पिता और मित्रों का चिर विछोह वह
हृदय-विदारक और घुड़कियाँ इस मानव की,
जिसने मुझको विजित किया है, होंगे मुझको
आज फूल से, अगर दिवस में एक बार ही
बंदीगृह से देख सकूँ मैं अपनी आँखों
उस ललना को।

प्रास्पेरो : *(स्वगत)* ठीक चल रहा जादू मेरा।

: *(फर्डिनेंड से)* आ, तू मेरे पीछे-पीछे।
: *(एरियल से)* तूने अपना काम किया है
बड़े यत्न से वत्स, एरियल !
: *(फर्डिनेंड से)* तू चलता रह मेरे पीछे।
: *(एरियल से)* सुनो, बताता हूँ मैं तुमको
अब जो करना।

मिरैंडा : धीरज रक्खें आप, पिता की प्रकृति नहीं है
वैसी, जैसी उनके शब्दों से दिखती है।
यह व्यवहार आज का उनका असामान्य है।

प्रास्पेरो : *(एरियल से)* तू पर्वत के मुक्त पवन-सा होगा चिर
स्वतंत्र धरती पर, पर मेरी आज्ञा का
पालन पहले शब्द-शब्द पूरा हो !

एरियल : पूर्ण करूँगा उसे शब्दशः।

प्रास्पेरो : *(फर्डिनेंड से)* तू आ मेरे साथ इधर को।
: *(मिरैंडा से)* कहना इसके लिए एक भी शब्द न मुझसे !

दूसरा अंक

पहला दृश्य

(द्वीप का एक दूसरा भाग)

(एलोंजो, सेबेस्टियन, एंटोनियो, गोंजालो, एड्रियन, फ्रांसिस्को तथा अन्य सज्जनों का प्रवेश)

गोंजालो : श्रीमन् मेरी विनय आपसे, हों प्रसन्न अब,
है प्रसन्नता का ही अवसर आज आपके
और हमारे लिए यहाँ पर; क्योंकि लाभ
जीवन का, पाई हुई हानि से कहीं बड़ा है !
विपदा तो आती सब पर ही। आए दिन
कोई नाविक की पत्नी या कोई व्यापारी
उसी कथ्य का अनुभव करते जोकि आपकी
करुण कथा में; लेकिन जैसे हम बच निकले,
ऐसा चमत्कार लाखों में शायद विरलों
को नसीब हो; इसीलिए श्रीमन, मैं कहता
सुख-दुख के दोनों पलड़ों को जरा सामने
करके देखें और करें निर्णय फिर, इनमें
कौन बड़ा है ?

एलोंजो : कृपया चुप हों !

सेबेस्टियन : यह सांत्वना महज बासी हलुवे-सी लग रही है।

एंटोनियो : पर सांत्वना देने वाले मानें, तब न ?

सेबेस्टियन : देख लीजिए, अभी उस अक्ल-घड़ी में चाभी भरी जा रही है, थोड़ी देर में ही टिक-टिक भी सुन लीजिएगा।

गोंजालो : श्रीमन् !

सेबेस्टियन : लीजिए, यह एक बजा।

गोंजालो : जब हर दुख के लिए मनुज के हृदय-कपाट खुले रहते हैं, उसे

मिला करती है...

सेबेस्टियन : मुद्रा !

गोंजालो : बेशक, उसे दुख की मुद्रा ही नसीब होती है। आप न चाहते हुए भी सच बात कह गए हैं।

सेबेस्टियन : जितनी मुझे आशा थी, आपकी बुद्धि उससे कुछ ज्यादा ही पैनी निकली।

गोंजालो : इसलिए अन्नदाता !

एंटोनियो : छिः-छिः, कितनी जीभ चलाता है।

एलोंजो : होगा, तुम चुप बैठो !

गोंजालो : अच्छा, अन्नदाता ! मैं अब चुप हूँ, लेकिन एक बात...

सेबेस्टियन : उसका बोलना बंद नहीं हो सकता।

एंटोनियो : अच्छा, शर्त लगाओ : इसमें और एड्रियन—दोनों में पहले कौन कुकड़ू कूँ करेगा ?

सेबेस्टियन : बूढ़ा मुर्गा।

एंटोनियो : छोटा मुर्गा !

सेबेस्टियन : शर्त ?

एंटोनियो : एक ठहाका !

सेबेस्टियन : मंजूर है !

एड्रियन : अन्नदाता ! हालाँकि यह द्वीप देखने में बिलकुल मरुस्थल मालूम होता है...

एंटोनियो : हा, हा, हा !

सेबेस्टियन : लो भाई, तुम जीत गए।

एड्रियन : दुर्गम और लगभग निर्जन ही दिखाई पड़ता है।

सेबेस्टियन : फिर भी,...

एड्रियन : फिर भी,...

एंटोनियो : यह 'फिर भी' शब्द तो वाक्य में आना ही था।

एड्रियन : कोमल, मधुर और विदग्ध ऊष्मा अपेक्षित है।

एंटोनियो : अहा, ऊष्मा अवश्य ही एक कोमल और मधुर बाला होगी।

सेबेस्टियन : और विदग्ध भी, जैसा कि इन ज्ञानी महोदय ने अभी-अभी कहा है।

एड्रियन : यहाँ की हवा कैसी मंद-मधुर है !

सेबेस्टियन : अरे, उसके फेफड़े सड़ गए होंगे।

एंटोनियो : या कीचड़ की 'सुगंध' आ रही होगी।

गोंजालो : यहाँ की हर चीज उपयोगी मालूम होती है।

एंटोनियो : हाँ, सबकुछ उपयोगी ही है—सिर्फ जीवन-चर्या के साधनों को

छोड़कर।

सेबेस्टियन : हाँ, उसका जुगाड़ तो यहाँ नहीं लगेगा।

गोंजालो : कैसी शोभामय और श्यामल भूमि है !

एंटोनियो : मगर भूमि तो पीली दिख रही है।

सेबेस्टियन : है तो पीली ही, पर उसकी आँख हरी है।

एंटोनियो : तो इसका मतलब है—उसका कहना बिलकुल गलत नहीं था।

सेबेस्टियन : नहीं, बिलकुल नहीं। उसकी गलती सिर्फ इतनी है कि वह सत्य के विलोम को ही सत्य समझ लेता है।

गोंजालो : लेकिन यहाँ जो चमत्कार घटित हुए हैं, उन पर शायद ही कोई विश्वास करेगा।

सेबेस्टियन : चमत्कार ऐसे ही होते हैं !

गोंजालो : हमारे कपड़े समुद्री पानी में बिलकुल भीग गए थे फिर भी उनकी तह नहीं बिगड़ी, उनकी चमक नहीं गई, बल्कि वे नए और रंगीन लगने लगे, खारे पानी का एक धब्बा तक उन पर नहीं पड़ा।

एंटोनियो : अगर इसके पतलून की एक भी जेब बोल सकती तो इसका यह झूठ अभी साबित हो जाता।

सेबेस्टियन : बशर्ते कि वह झूठ पहले ही जेब में न रख लिया गया हो।

गोंजालो : आज तो हमारे कपड़े ऐसे नए लग रहे हैं, जैसे तब थे जब हमने इन्हें पहली बार पहना था—अफ्रीका में, ट्यूनिस नृपति के साथ राजकुमारी क्लेरिबल के विवाह में।

सेबेस्टियन : अहा, कैसा 'शुभ' विवाह था, जिसका यह शुभ परिणाम हम भोग रहे हैं।

एड्रियन : ऐसी श्रेष्ठ रानी को प्राप्त करने का सौभाग्य ट्यूनिस को पहले कभी नहीं मिला था।

गोंजालो : हाँ, विधवा डीडो के बाद सचमुच ऐसा सौभाग्य उसे कभी नहीं मिला था।

एंटोनियो : विधवा ? धत् तेरे की ! यह विधवा यहाँ कहाँ से टपक पड़ी ? विधवा डीडो !

सेबेस्टियन : गनीमत है कि उसने विधवा डीडो ही कहा, विधुर इनीज नहीं कहा। तुम भी यार, उसे समझते नहीं।

एड्रियन : क्या आपने विधवा डीडो कहा था ? मुझे ध्यान आ गया। वह तो कारथेज देश की थी। ट्यूनिस की कहाँ थी ?

गोंजालो : महाशय, ट्यूनिस ही पहले कारथेज था।

एड्रियन : कारथेज ?

गोंजालो : हाँ साहब, कारथेज !

एंटोनियो : उसके शब्दों में वह शक्ति है, जो एंफियन की उस चमत्कारी वीणा में भी नहीं थी।

सेबेस्टियन : तभी तो उसने कारथेज को ट्यूनिस बना डाला, शब्दों के जादू से दीवारें ही नहीं, मकान खड़े कर दिए।

एंटोनियो : मेरा खयाल है, अब वह इस द्वीप को सेब की तरह जेब में डालकर घर ले जाएगा और खाने के लिए अपने लड़के को दे देगा।

एंटोनियो : और उसके बीज समुद्र में बो देगा, जिससे द्वीपों की एक फसल तैयार हो जाए।

गोंजालो : अरे, अरे।

एंटोनियो : हाँ, हाँ, समय आने पर।

गोंजालो : *(एलोंजो से)* महाराज ! हम यह कह रहे थे कि हमारे वस्त्र इस समय ऐसे स्वच्छ लग रहे हैं, जैसे उस समय थे, जब हमने इन्हें पहली बार ट्यूनिस में पहना था—आपकी पुत्री के विवाहोत्सव में—जो अब वहाँ की महारानी हैं।

एंटोनियो : और ऐसी हैं, जैसी वहाँ कभी नहीं हुई थीं।

सेबेस्टियन : सिवा विधवा डीडो के। कृपया यह जोड़ना न भूलिए।

एंटोनियो : ओ विधवा डीडो ? हाँ, विधवा डीडो ही तो।

गोंजालो : श्रीमन् ! क्या मेरे वस्त्र पहले दिन की ही तरह स्वच्छ नहीं लग रहे हैं ? मेरा मतलब है, लगभग वैसे ही।

एंटोनियो : यह 'लगभग' शब्द बहुत देर तक मछली मारने के बाद निकला।

गोंजालो : *(एलोंजो से)* जब मैंने उन्हें आपकी पुत्री के विवाहोत्सव में पहना था।

एलोंजो : यह रटंत शब्दों की जो तुम ठूँस रहे मेरे
कानों में, मुझे अरुचिकर आज लग रही।
अच्छा होता, मैं बेटी का ब्याह न करता
कभी वहाँ पर, आते हुए वहीं से मेरा
बेटा बिछुड़ा, औ' बेटी भी बिछुड़ी-सी है,
वह इटली से इतनी ज्यादा दूर हो गई,
शायद ही जीवन में उसको देख सकूँ मैं।
ओ नैपिल्स कुमार ! हृदय के टुकड़े मेरे,
हाय, न जाने कौन मत्स्य का भक्ष्य बना तू ?

फ्रांसिस्को : लेकिन महाराज, मुमकिन है, वे जीवित हों।
मैंने उनको लहरों से लड़ते देखा था,

प्रबल वेग से वे पानी को काट रहे थे,
और कर लिया था उस पर अधिकार उन्होंने;
सबसे ज्यादा जो प्रचंड वह महाऊर्मि भी
उनकी बाँहों के वश में थी; अपना उन्नत
शीश उन्होंने तूफानी लहरों के ऊपर
ही रक्खा था; पतवारों के सदृश प्रबल
भुजदंड फेंकते बढ़े जा रहे थे सागर के
उसी कूल की ओर निरंतर, जो लहरों के
प्रबल प्रहारों से होकर यों पस्त, विनत था
स्वागत करने की मुद्रा में। मुझे नहीं
संदेह रंच भी, वे अवश्य ही पहुँचे होंगे
सकुशल तट पर !

एलोंजो : नहीं-नहीं, अब हाय, नहीं वह इस दुनिया में।

सेबेस्टियन : तो श्रीमन, इस महा हानि के लिए स्वयं को
धन्यवाद दें, जो वह कन्या-रत्न आप
रख सके नहीं यूरप के भीतर, फेंक दिया उसको
सुदूर उस अफ्रीका में, जहाँ आपकी प्यारी पुत्री
बिछुड़ आपसे, निर्वासित-सी होकर अपनी
मर्म-व्यथा को नित्य आँसुओं के जल से
सींचा करती है।

एलोंजो : हे भगवान ! शांत हो जाओ !

सेबेस्टियन : घुटनों के बल गिर-गिर हमने कितनी मिन्नत
बिनती की थी : 'श्रीमन् अपना निर्णय बदलें'
जिस निर्णय से हत विमूढ़ हो वह बेचारी
शिशु-सरला भी हिचक और आज्ञा-पालन के
युग पलड़ों के बीच देर तक रही झूलती
तुलादंड-सी। लगता हमको, अब कुमार तो
बिछुड़े ही हैं, इस दुर्घटना के प्रहार ने
इतनी विधवाएँ मिलान को औ' नैपिल्स राज्य
को दी हैं, जिनकी तुलना में कम ही हैं
पुरुष हमारे साथ, सांत्वना देने को जो
लौट सकेंगे, यह सब केवल हुआ आपकी
ही गलती से !

एलोंजो : महा हानि यह हुई हमारी !

गोंजालो : सेबेस्टियन श्रीमंत ! आपने कहा सत्य है।

पर इस सत्य-कथन में कुछ कोमलता कम थी,
अवसर भी उपयुक्त नहीं था, आवश्यकता
थी मरहम की और आपने घाव मल दिया।

एंटोनियो : सफल चिकित्सक के निदान से।

गोंजालो : महाराज, इस तरह आपका मुख यह
मेघाच्छन्न रहेगा, तो बदली की धूमिल छाया
घिरी रहेगी हम सब पर भी !

सेबेस्टियन : क्या ? बदली की धूमिल छाया ?

एंटोनियो : हाँ, जो हम पर घिरी हुई है।

गोंजालो : उपनिवेश यह द्वीप कहीं यदि मेरा होता
पौध लगाता मैं...

एंटोनियो : बिच्छी फल के पेड़ों की !

सेबेस्टियन : या नरकुल की या झाड़ों की।

गोंजालो : यदि मैं होता नृपति यहाँ पर, तो क्या करता ?

सेबेस्टियन : मदिरा के अभाव से बन पाता न पियक्कड़।

गोंजालो : सारी परंपरा क्षण-भर में उलट राष्ट्र...
मंडल के सारे कार्य इन्हीं हाथों में लेता,
सड़कों पर वाहन चलने की कभी नहीं
अनुमति मैं देता, जिलाधीश का पद न बनाता,
शिक्षा होती नहीं, न होते निर्धन औ' धन-
पति समाज में, नहीं नौकरी कोई करता,
होते नहीं करार, विरासत किसी तरह की,
खेत, सिंचाई के नाले, कृषि-कर्म कठिनतर,
अँगूरों के बाग, अन्नधन, तेल, धातुएँ
या मदिरा ही, नहीं कहीं कोई भी धंधा,
कार्यमुक्त होते सब के सब—पुरुष, नारियाँ
सरल प्रकृति की—सब स्वच्छंद विचरते शासन-
मुक्त धरा पर !

सेबेस्टियन : इस पर भी ये राजा बने रहते।

एंटोनियो : बेचारी राष्ट्र मंडलीय योजना अंत तक पहुँचते-पहुँचते अपना
आरंभ ही भूल गई है।

गोंजालो : प्रकृति सभी को इतना देती कोई भी न
बहाता यों श्रम-स्वेद व्यर्थ में; छल, अपराध
नहीं कुछ होते; खड्ग और भाले या छुरियाँ,
बंदूकें, बारूद उगलती हुईं मशीनें

रहने एक नहीं मैं देता; प्रकृति स्वयं ही
भर-भरकर भंडार भुवन का पालन करती
मेरी उस निष्पाप प्रजा का।

सेबेस्टियन : तो इसका मतलब तो यह हुआ कि इनके राज्य में शादियाँ भी नहीं होतीं।

एंटोनियो : कतई नहीं, सब लुच्चे और छिनालें आजादी से घूमतीं।

गोंजालो : श्रीमन्, मैं इतने कौशल से शासन करता,
स्वर्णयुगों की परंपरा धूमिल पड़ जाती।

सेबेस्टियन : अद्वितीय सम्राट ! आपकी जय हो ! जय हो !!

एंटोनियो : ईश्वर करे चिरायु हमारे गोंजालो को !

गोंजालो : महाराज ! सुन रहे आप क्या, जो कुछ मैंने किया निवेदित ?

एलोंजो : चुप रहो जी ! बहुत हो चुका। यह तुम्हारी बकवास मुझे बिलकुल वाहियात लगती है।

गोंजालो : महाराज, यह मुझे अच्छी तरह से मालूम है। मैं तो इन श्रीमंतों को कुछ हँसने के अवसर देना चाहता था, जिनके फेफड़े इतने नाजुक और चपल हैं कि उन्हें बेबात की बात में हँसना पड़ता है।

एंटोनियो : पर हम तो तुम पर हँसते थे।

गोंजालो : मैं इस विदूषक-कर्म में भला श्रीमानों की क्या बराबरी कर सकता हूँ, मैं तो आप लोगों के सामने कुछ भी नहीं हूँ। पर हाँ, आप तो कुछ नहीं पर ही हँसते हैं। तो हँसिए, शौक से हँसिए।

एंटोनियो : बड़ी गहरी चोट कर गया है !

सेबेस्टियन : हाँ, लेकिन असरदार होती, तब न !

गोंजालो : आप निश्चित रूप से वीर पुंगव हैं। आप चंद्रमा को उसकी कक्षा से निकालकर जमीन पर ला सकते हैं, बशर्ते वह पाँच हफ्तों तक एक ही स्थान पर, एक ही शक्ल में दिखाई पड़े।

(मधुर गीत गाते हुए अदृश्य रूप से एरियल का प्रवेश)

सेबेस्टियन : हाँ, हम जरूर उसे लाएँगे और फिर लौटकर चिड़ीमारी करेंगे।

एंटोनियो : नहीं, मित्रवर ! तुम व्यर्थ में बुरा मान गए।

गोंजालो : अरे साहब, कतई नहीं। इसमें बुरा क्या मानना ? मैं अपने विवेक को इतनी आसानी से दाँव पर नहीं रखता। अच्छा, श्रीमन् ! लगता है, मुझे नींद आ रही है। क्या आप इस तरह हँस सकते हैं कि मैं सो जाऊँ ?

एंटोनियो : अवश्य सोइए। बस, हमें हँसते हुए सुनते रहिए।

(एलोंजो, सेबेस्टियन और एंटोनियो को छोड़कर अन्य सब लोग सो जाते हैं)

एलोंजो : अरे सो गए क्या सब-के-सब ? इतनी जल्दी ?
नींद मुझे भी आ जाती तो कम-से-कम इन
दुखद विचारों से कुछ परित्राण तो मिलता,
हाँ, लगता अब आनेवाली।

सेबेस्टियन : महाराज, यदि नींद आ रही, तो आने दें,
यह दुखियों के पास बहुत ही कम आती है,
अगर कभी आ गई, सांत्वना दे जाती है।

एंटोनियो : हाँ, श्रीमन् अब आप सोइए। हम जागेंगे
रक्खेंगे चौकसी, बराबर पहरा देंगे।

एलोंजो : धन्यवाद ! तो मैं सोता हूँ, सचमुच पलकें झँपी जा रहीं।

(एलोंजो सो जाता है। एरियल का प्रस्थान)

सेबेस्टियन : यह कैसा विचित्र निद्रालस ? सब सोए हैं ?

एंटोनियो : शायद मौसम के प्रभाव से। कुछ ऐसी जल
वायु यहाँ की।

सेबेस्टियन : ऐसा है, तो क्यों न हमारी पलकें झँपतीं ?
मुझे तनिक भी नींद नहीं है।

एंटोनियो : नहीं मुझे भी। एक ताजगी-सी अपने में
मैं इस क्षण अनुभव करता हूँ। ये सब तो,
लगता, सहमत होकर सोए हैं। अकस्मात् ज्यों
गाज गिरी हो, क्या हो सकता कारण इसका ?
प्रिय सेबेस्टियन, कारण ? कारण ? अच्छा छोड़ो।
जाने भी दो। मगर नहीं, वह कारण मुझको
साफ दिख रहा है चेहरे पर आज तुम्हारे।
क्या होगे तुम ? क्या है भव्य भविष्य तुम्हारा ?
देखो, अवसर बोल रहा है, सुनो ध्यान से,
देख रही है मेरी चिर बलवती कल्पना
आज तुम्हारे शिर पर शोभित राजमुकुट को।

सेबेस्टियन : क्या कहते हो, क्या तुम सचमुच जाग रहे हो ?

एंटोनियो : क्या तुम मुझको यहाँ बोलते नहीं सुन रहे ?

सेबेस्टियन : सुनता तो हूँ, और मुझे निश्चय होता है
यह निद्रालु व्यक्ति की भाषा बोल रहे तुम
सिर्फ नींद में। क्या कहते थे ? फिर दुहराओ।
यह विचित्र निद्रा है, जिसमें सोनेवाला

आँखें खोले खड़ा हुआ हो—बोल रहा हो,
घूम रहा हो, फिर भी, हो गहरी निद्रा में !

एंटोनियो : मनुजरत्न, प्यारे सेबेस्टियन ! कहने को कह लो
अपने को जाग्रत-चेतन, पर हैं आँखें
बंद तुम्हारी और तुम्हारा भाग्य सुप्त है,
मृत है, जड़ है, तुमने उसे उपेक्षा से यों
छोड़ दिया है।

सेबेस्टियन : है सोते में बर्राना, यह साफ तुम्हारा,
लेकिन नहीं असंगत, इसमें एक अर्थ है।

एंटोनियो : मैं अक्सर जितना गंभीर रहा करता हूँ
उससे कुछ ज्यादा ही इस क्षण, और चाहिए
तुमको भी ऐसा ही होना, अगर चाहते हो
सुनना वह बात, मान कर जिसको, चाहो
तो, तुम तिगुने बड़े आदमी बन सकते हो !

सेबेस्टियन : मैं तो भाई, सुस्थिर जल हूँ।

एंटोनियो : तुम्हें प्रवाहित होना मैं ही सिखलाऊँगा।

सेबेस्टियन : तो सिखलाओ, यद्यपि मेरी शिथिल प्रकृति यह
मुझसे कहती—रहो ज्वार के ही उतार में !

एंटोनियो : आह, जानते होते यदि तुम, कहा अभी था
जो कुछ तुमने सिर्फ हँसी में, उन शब्दों में
कितना गहरा सत्य छिपा है; है साधारण
अर्थ न उनमें, वे हैं गूढ़ और व्यंजक भी,
सच है, सच है, शिथिल व्यक्ति जो रहते लहरों
के उतार में, वे अपने भय से, आलस से,
फिर तल में ही जा गिरते हैं।

सेबेस्टियन : हाँ, हाँ, कहते रहो, रुको मत, यह नयनों की
और कपोलों की मुद्रा ही बतलाती है—
कुछ भीतर है आज तुम्हारे, जो कि व्यक्त
होने को आतुर, उसे जन्म देने को ही यह
निष्ठुर पीड़ा प्रसव-काल की अकुलाती है !

एंटोनियो : ऐसा ही है। सुनो ध्यान से, जो कहता हूँ—
यह बूढ़ा सरदार हो गई जिसकी याददाश्त
अब कम है, जिसे कब्र में दफनाने के
बाद न कोई याद करेगा, तरह-तरह से
समझा करके इसने नृप के मन में, बात

किसी हद तक यह बैठा दी है—'हैं कुमार
जीवित धरती पर'; समझाने की कला
खूब इसको आती है; परम सिद्ध यह
उसमें, मानो साक्षात् आत्मा ही उसकी !
लेकिन मेरे मित्र, बात यह नामुमकिन है,
इतनी, जैसे यह कह देना—'नहीं सो रहा यह
पानी में तैर रहा है।'

सेबेस्टियन : बचा डूबने से वह, इसकी मुझको भी अब
आस नहीं है।

एंटोनियो : 'आस नहीं है'—इसमें कितनी बड़ी आस है ?
उसके जीवन के बारे में आज निराशा
ही आशा है; यह वह स्थल है,
जिस पर पहुँच महत्त्वाकांक्षा भी रुक जाए
और करे आश्चर्य स्वयं इस अन्वेषण पर;
क्या तुम भी मेरी ही तरह मानते हो यह—
फर्डिनेंड डूबा समुद्र में ?

सेबेस्टियन : निश्चित डूबा !

एंटोनियो : तो बतलाओ मुझे, कौन है वारिस फिर
नैपिल्स राज्य का ?

सेबेस्टियन : क्लेरीबल है !

एंटोनियो : क्लेरीबल ! वह जो अब ट्यूनिस की रानी है ?
वहाँ पहुँचना भी क्या संभव एक जन्म में ?
कोई समाचार भी भेजा जा सकता क्या
शीघ्र वहाँ पर ? सूरज ही यदि ले जाए तो
बात और है। मंद चंद्रमा की शीतल गति
लेकर कोई जब पहुँचेगा, तब तक तो दुधमुँही
ठुड्डियाँ बढ़ते-बढ़ते हो जाएँगी सख्त हजामत
बनवाने को। वह वारिस होगी, जिसको हम
पहुँचाकर लौटे तो जा डूबे समुद्र में ?
यद्यपि उनमें हम जैसे भी, जिनको फेंका
फिर समुद्र ने भूमि-अंक में; यही भाग्य
प्रेरित करता है, वह करने को, जिसकी पूर्व
भूमिका-भर थीं ये घटनाएँ; अब आगे जो
होने को है, हम दोनों पर अवलंबित है !

सेबेस्टियन : क्या मतलब ? यह क्या कहते हो, सच ही तो है

मेरी वही भतीजी जो ट्यूनिस की रानी, वारिस है
नैपिल्स राज्य की ! हाँ ये माना, दूरी इन दोनों देशों के
बीच बहुत है।

एंटोनियो : उस दूरी का एक-एक गज चिल्लाता है—
कैसे क्लेरीबल नैपिल्स पहुँच पाएगी ?
रहने दे उसको ट्यूनिस में; जाग-जाग उठ,
ओ सेबेस्टियन ! यह निद्रा जो इनको जकड़े
हुए इस समय, वह चिर निद्रा भी हो सकती;
तब भी ये ऐसे ही होंगे, जैसे इस क्षण,
यह जो सोया हुआ यहाँ पर, वही नहीं है
और दूसरे भी सुयोग्य शासक दुनिया में,
और लार्ड इस गोंजालो से जो कि व्यर्थ की
बस बकवास किया करते हैं—ऐसे कौवे
जब चाहूँ, तैयार करूँ मैं। काश समझ सकते
तुम, जो मैं सोच रहा हूँ। यह निद्रा कितनी
सहायिका हो सकती है प्रगति-मार्ग में।
समझ रहे तुम मेरा आशय ?

सेबेस्टियन : हाँ, शायद मैं समझ रहा हूँ।

एंटोनियो : क्या चेतना तुम्हारी उस सौभाग्य-हर्ष का
स्वागत करने को उत्सुक है ?

सेबेस्टियन : याद मुझे है,
कैसे तुमने अपने भाई प्रास्पेरो को
स्वयं उखाड़ा ?

एंटोनियो : बेशक मैंने उसे उखाड़ा और देख लो
तुम खुद ही, परिधान नृपति का कैसा फबता
है इस तन पर, शायद पहले से ज्यादा ही;
भाई के सेवक जो थे तब मेरे साथी
आज वही मेरे अनुचर हैं।

सेबेस्टियन : किंतु तुम्हारी अंतरात्मा ?

एंटोनियो : अंतरात्मा, वह क्या होती ? वह पाँवों में
अगर बिवाई बनकर मेरी प्रगति रोकती
जूते छोड़ पहनता चप्पल, कभी बिठाया
नहीं उसे मैंने अपने मानस-मंदिर में,
बीस अंतरात्माएँ होतीं अगर बीच में
मेरे औ' मिलान के, तो भी यह निश्चित है,

मुझको विचलित करने के पहले ही उनको
जमना पड़ता—गलना पड़ता। यह भाई जो
यहाँ तुम्हारा पड़ा हुआ है इस मिट्टी पर,
बस मिट्टी का ही ढोंका है—जड़ मिट्टी का !
जैसा दिखता वैसा ही रह जाए अगर, तो
समझो मृत है ! अपने चिर आज्ञाकारी
इस लौह खड्ग को दो अँगुल-भर अगर गड़ा दूँ,
यह सो जाए सदा-सदा को; और स्वयं तुम
इसी तरह से इन श्रीमान् मनीषीजी को
निपटा सकते ताकि पूछने को फिर हमसे
रहें न ये जीवित धरती पर। बाकी जो हैं
वे सब-के-सब झुक-झुक कर आज्ञा मानेंगे
तत्परता से, जैसे बिल्ली दूध चाटती;
जो कुछ कहलाना चाहो तुम, वही कहेंगे,
दिन को रात कहो, तो ये नक्षत्र गिनेंगे !

सेबेस्टियन : मित्र ! तुम्हारा उदाहरण ही मेरा मार्ग-
प्रदर्शक होगा, तुमने लिया मिलान जिस तरह
उसी तरह नैपिल्स मिलेगा ! लो निकाल अब
खड्ग म्यान से, एक वार ही बस काफी है;
तुमको भी खिराज देने से मुक्ति मिलेगी;
मैं तो नृप होकर भी तुमको मित्र कहूँगा
और मित्र की भाँति तुम्हारा मान करूँगा !

एंटोनियो : तब आओ, हम एक साथ ही खड्ग निकालें
और वार भी एक साथ हो; मैं राजा पर,
टूट पड़ो तुम गोंजालो पर !

सेबेस्टियन : हाँ, पर ठहरो, एक बात है !

(संगीत—एरियल का अदृश्य रूप में पुनः प्रवेश)

एरियल : मेरे स्वामी अपनी दिव्य शक्ति के द्वारा
देख चुके हैं पहले से ही उस विपत्ति को
जो तुम पर आनेवाली है, इसीलिए भेजा
है मुझको, हो जाएगी नष्ट अन्यथा
वह सारी योजना बनी जो तुम सब को
जीवित रखने की !

(गोंजालो के कान में गाता है)

गीत

तुम सोए हो सुध-बुध खोकर !
छीने लेता है षड्यंत्र
सुनहला अवसर !
जीवन प्यारा आज तुम्हारा,
ले न जाए कोई हत्यारा,
जागो-जागो, निद्रा त्यागो
जीतो समर सचेतन होकर !
तुम सोए हो

एंटोनियो : तो आओ हम करें शीघ्रता !

गोंजालो : *(जागते हुए)* रक्षा करो देव दूतो मेरे राजा की !
(सेबेस्टियन और एंटोनियो से)
क्या है ? क्या है ?
(एलोंजो से)
उठिए, उठिए, तुरत जागिए।
(सेबेस्टियन और एंटोनियो से)
क्यों खींचे हैं खड्ग आपने ?
अरे भयानक दीख रहे क्यों ?

एलोंजो : *(जागते हुए)* अरे हुआ क्या ?

सेबेस्टियन : पहरा देते हुए खड़े थे जब हम दोनों,
एक भयानक-सी आवाज पड़ी कानों में,
कहीं पास ही हुंकारे हों साँड़ जिस तरह,
या कि शेर ही गुर्राए हों। क्या न उसी ने
अभी आपको जगा दिया है ? सचमुच बड़ी
भयानक ध्वनि थी। लगता जैसे फाड़ गई
कानों के परदे !

एलोंजो : मैंने तो कुछ नहीं सुना है !

एंटोनियो : अरे बड़ी भीषण वह ध्वनि थी, सुनकर जिसे
दैत्य भी काँपे, लगी डोलने यह अचला भी,
एक साथ ही गरज पड़ी हो जैसे क्रुद्ध भीड़
सिंहों की !

एलोंजो : क्यों गोंजालो ? क्या तुमने भी सुनी यही ध्वनि ?

गोंजालो : शपथपूर्वक कह सकता हूँ, मेरे स्वामी !
मैंने नहीं सुनी ऐसी ध्वनि, मेरे कानों

में आई जो मंद फुसफुसाहट की ध्वनि थी
कुछ विचित्र भी, और उसी ने मुझे जगाया;
ज्यों ही मैंने आँखें खोलीं, देखा इनके
खड्ग तने थे, सच है, कोई ध्वनि अवश्य थी,
अब तो सबसे अच्छा यह है, अपनी रक्षा
स्वयं करें हम या तुरंत यह जगह छोड़ दें !
अपने खड्ग हाथ में ले लें।

एलोंजो : मार्ग दिखाओ !
ढूँढ़ेंगे हम अपने खोए हुए पुत्र को।

गोंजालो : ईश्वर उनकी रक्षा करे हिंस्र पशुओं से,
निश्चय ही कुमार जीवित हैं इसी द्वीप में।

एलोंजो : मार्ग दिखाओ !
(सबका प्रस्थान)

एरियल : मेरे स्वामी प्रास्पेरो ही जान सकेंगे
मैंने कितना काम किया है !
जाओ हे राजन् अब सकुशल, खोज करो
अपने बेटे की !
(प्रस्थान)

दूसरा दृश्य

(लकड़ी का गट्ठर लादे हुए केलिबान का प्रवेश। बिजली की कड़क)

केलिबान : सब-के-सब रोगाणु सूर्य जिनको हर लेता
कृमि कीचड़ से, गंदे गड्ढों से, झाबर से
गिरें प्रास्पेरो के ऊपर वे, इंच-इंच उसका
शरीर यों रोगग्रस्त हो ! सुनते होंगे
उसके भृत्य प्रेत यह वाणी, सुना करें वे,
मैं कोसूँगा—फिर कोसूँगा। नहीं नोच सकते
वे मुझको, और न भीषण रूप दिखाकर
डरवा सकते, और न दलदल में ही फेंक मुझे
वे सकते, भटका भी सकते न भ्रांति में

कभी, बिना उसकी आज्ञा के, सारे जुल्म
वही करवाता। हर छोटी-सी गलती पर वे
लगा दिए जाते हैं मुझ पर; वनमानुष बन
खीस दिखाते, दाँत किटकिटाते हैं पहले
इसके बाद काट लेते हैं, फिर सेही बन
पड़ रहते हैं बीच राह में और चुभो देते
हैं काँटे मेरे इन नंगे पाँवों में;
कभी साँप बनकर जाते हैं लिपट देह से,
और भयानक फुँकारों से ही मतवाला
कर देते हैं। लो, अब लो, यह आता दिखता
प्रेत उसी का, ईंधन लाने में जो मैंने
इतनी देर लगाई, उसका दंड अभी मुझको
यह देगा; मैं चित लेट जाता हूँ इस तरह,
ताकि वह निकल जाए मुझको बिन देखे !

(ट्रिंक्यूलो का प्रवेश)

ट्रिंक्यूलो : क्या जगह है ? कोई झाड़ी या पेड़ भी नहीं, जिसकी आड़ लेकर मौसम के उत्पातों से बचा जा सके ! तूफान फिर उठ रहा है, हवा में उसकी आवाज साफ सुनाई दे रही है ! वही काला बादल फिर सामने दिख रहा है ! देव-दानव जैसा। शराब की एक बड़ी मशक जैसा। इसी से मदिरा टपकेगी। अगर पहले की तरह ही बिजली कड़कने लगी तो अपना सिर कहाँ छिपाऊँगा ? यह काला बादल तो मूसलाधार बरसेगा ! अरे यह क्या ? आदमी है ? मछली ? जिंदा है या मुर्दा ? हुँ, मछली ही है। गंध उसी की है। बहुत बासी मछली की गंध है ! ताजी हेक की गंध तो यह नहीं है। अजीब मछली है। अगर इस समय मैं इंग्लैंड में होता और यह मछली रँगवाकर किसी मेले में दिखाता, तो चाँदी के सिक्कों के ढेर लग जाते ! यह मच्छ दानव किसी आदमी को रकम पैदा करा सकता है। वहाँ कोई भी अजीब चीज दिखाओ और रकम बटोर लो। एक लँगड़े भिखारी की जिंदगी के लिए उन भले आदमियों की जेब से दमड़ी नहीं निकलेगी, पर किसी भारतीय की लाश देखने के लिए एक की जगह दस सिक्के जेब से निकाल देंगे ! अरे, इसके पाँव तो मनुष्य जैसे हैं और हाथ भी वैसे ही हैं। बदन में भी गर्माहट है। अच्छा, अब मैं इसके बारे में पक्की बात बता सकता हूँ— यह मछली नहीं है, कोई आदिवासी है, जो बिजली गिरने की

वजह से ऐसा हो गया है। *(बिजली कड़कती है)* अरे बाप रे बाप ! तूफ़ान फिर आ गया। मैं इसी के गरम खोल में छिप जाऊँ ! यहाँ और कोई आड़ भी तो नहीं। मुसीबत निहायत गैर और अजीब लोगों से दोस्ती करा देती है। मैं यहीं छिपा रहूँगा, जब तक कि यह तूफ़ानी मदिरा का घड़ा बिलकुल खाली नहीं हो जाता।

(केलिबान के कपड़ों में छिप जाता है)

(स्टीफ़ेनो का हाथ में बोतल लिए गाते हुए प्रवेश)

स्टीफ़ेनो : मैं न जाऊँगा सिंधु किनारे !
सिंधु किनारे !!
इसी भूमि पर इसी धूलि में
देह सिधारे !!
मगर शोक-गीत के लिए यह बड़ी टुच्ची धुन है ! अच्छा अपनी सजीवन बूटी का एक घूँट ले लूँ। *(पीता है)*

(गाता है)

वह जहाज का मालिक, वह
फर्राश और वह केवट अपना,
और रहा मैं, और तोपची
और साथ में उसका ढकना,
सब के सब थे फिदा जान से
इधर 'मेग' पर उधर 'माल' पर
हाय 'मरियम', मार्जरी पर
मस्त जवानी की उछाल पर
नहीं किसी ने खयाल किया था,
कभी केट का हाल लिया था,
वह जबान की जरा बुरी थी,
जो चलती थी तेज छुरी-सी,
प्रेमी मल्लाहों के ऊपर,
गरज बरस पड़ती थी अक्सर,
कालिख उसे नहीं भाती थी
डामर से मितली आती थी,
फिर भी होती थी जब खुजली,
लेती वह दर्जी की उँगली,
तब समुद्र की ओर सिधारो,
यारो, उसको गोली मारो !

यह धुन भी साली दो कौड़ी की है। उहुँ जाने दो। अपनी मस्ती यह रही। *(पीता है)*

केलिबान : नहीं, नहीं मुझे सताओ नहीं। छोड़ दो ! आह !

स्टीफेनो : ऐं ? ये मामला क्या है ? यहाँ शैतान तो नहीं रहता है ? अबे, क्या तू जंगली लोगों की चाल चलकर मुझे धमकाना चाहता है ? मैं जो समुद्र के तल से बेदाग निकल आया, क्या तेरे इन चार पैरों को देखकर डर जाऊँगा ? कहा गया है, चौपाया दो पैरवाले से कभी जीत नहीं सकता। यह कहावत, अगर स्टीफेनो जिंदा है तो फिर सच होगी।

केलिबान : हाय-हाय, यह प्रेत मुझे मारे डालता है। आह !

स्टीफेनो : यह इसी द्वीप का कोई दैत्य है। चार पैरोंवाला। लगता है, जूड़ी से काँप रहा है। पर यह हमारी भाषा कहाँ से सीख आया ? अब इसे नहीं मारूँगा। अगर इसका ठीक इलाज हो जाए तो नैपिल्स नृपति को भेंट करने के लिए यह एक नायाब चीज रहेगी।

केलिबान : मैं तुमसे बिनती करता हूँ, मुझे सताओ नहीं। मैं अब ईंधन पहुँचाने में कभी देर नहीं करूँगा।

स्टीफेनो : यह जूड़ी के बुखार में बर्रा रहा है, इस समय होश में नहीं है। इसे यह बोतल पिला दूँ। अगर इसने पहले कभी नहीं पी होगी, तो इसकी कँपकँपी मिनिटों में चली जाएगी। अगर मैं इसका ठीक इलाज कर ले गया तो बेशक एक अच्छी खासी रकम का डौल लग सकता है।

केलिबान : अब लगता, तुम मुझे ज्यादा सताओगे। मैं तुम्हारे काँपने से जान गया हूँ कि प्रास्पेरो का जादू तुम पर चल रहा है।

स्टीफेनो : चल इधर। मुँह खोल। अरे बिलार, यह वह चीज है जो गले से उतरी नहीं कि भाषा अपने-आप मुँह से निकलने लगेगी। खोल मुँह ! इसका एक घूँट तेरी कँपकँपी को कँपा देगा। अभी, अभी तू बिल्कुल ठीक हुआ जाता है ! *(केलिबान को पीने को देता है)* अबे, तुझे अपने दोस्त और दुश्मन की भी पहचान नहीं, फैला अपने जबड़े !

ट्रिंक्यूलो : अरे, यह तो पहचानी हुई आवाज लगती है। यह तो...नहीं-नहीं, वह तो डूब गया है। तब ये शैतान है। अरे बचाओ !

स्टीफेनो : चार टाँगें और दो तरह की आवाजें ! बहुत ही मजेदार दैत्य है। इसकी आगेवाली आवाज अपने दोस्त के गुण गाती है, तो पिछली उसकी निंदा करती है। बोतल की सब

शराब खत्म हो जाए, कोई हर्ज नहीं। मैं इसकी जूड़ी उतारकर रहूँगा। आ, आमीन। मैं थोड़ी-सी तेरे पिछले मुँह में भी डाल दूँ।

ट्रिंक्यूलो : स्टीफेनो !

स्टीफेनो : ऐं ? यह तेरा दूसरा मुँह मुझे नाम लेकर बुला रहा है, बाप रे बाप ! यह साधारण दैत्य नहीं, खुद शैतान ही मौजूद है। मैं इसे छोड़ूँ। इतना लंबा चमचा मेरे पास नहीं।

ट्रिंक्यूलो : स्टीफेनो ! अगर तुम सच में स्टीफेनो ही हो, तो मुझे छूकर देखो और मुझसे बात करो, मैं ट्रिंक्यूलो हूँ। तुम्हारा पुराना दोस्त। तुम्हारा अपना ट्रिंक्यूलो। डरो नहीं, भाई।

स्टीफेनो : अगर तुम ट्रिंक्यूलो हो तो बाहर निकलो और अपने पैर दिखाओ। ट्रिंक्यूलो के छोटे-छोटे पैर मैं अच्छी तरह से पहचानता हूँ...हाँ, ये वही पैर हैं ! तुम सचमुच ट्रिंक्यूलो हो। अरे, तुम इस राक्षस के चक्कर में कैसे फँस गए ?

ट्रिंक्यूलो : मैंने समझा इस पर बिजली गिरी, और जल्दी से मरनेवाला है। लेकिन स्टीफेनो, तुम डूबे नहीं हो, क्या तूफान खत्म हो गया ? मैं तो तूफान के ही डर से इस दैत्य के ऊनी खोल में छिप गया था। स्टीफेनो, तुम जिंदा हो न ? प्यारे स्टीफेनो, इसका मतलब यह है कि दो नैपिल्स निवासी समुद्र में डूबने से बच गए हैं।

स्टीफेनो : अरे बाबा, रुको, मुझे इस तरह चक्कर मत खिलाओ। मेरा पेट वैसे ही खराब है।

केलिबान : *(स्वगत)* ये अगर प्रेत नहीं हैं, तो कोई बहुत अच्छे लोग हैं। यह कोई शक्तिशाली देवता है और इसके हाथ में यह कोई दिव्य पदार्थ है। मैं झुककर इसकी वंदना करूँ।

स्टीफेनो : तुम बचे कैसे ? तुम यहाँ पहुँचे कैसे ? तुम्हें इस बोतल की कसम है। सच-सच बताना। तुम यहाँ कैसे पहुँचे ? मैं तो शराब के एक पीपे के सहारे किनारे पर आ लगा। उसे मल्लाहों ने समुद्र में फेंक दिया था। कसम इस बोतल की—जिसे मैंने खुद पेड़ की छालों से बनाया है—मैं उसी पीपे पर चढ़कर पार लगा हूँ !

केलिबान : मैं इस बोतल की कसम खाकर कहता हूँ—जिंदगी-भर तुम्हारी सेवा करूँगा। तुम्हारी इस बोतल में दिव्य पदार्थ है।

स्टीफेनो : हाँ, कसम खाकर बताओ, तुम बचे कैसे ?

ट्रिंक्यूलो : तुम्हारी कसम यार, मैं तैर कर बच गया। तुम नहीं जानते, मैं

बतख की तरह तैर सकता हूँ।

स्टीफेनो : इस बोतल को चूमकर कहो *(ट्रिंक्यूलो को शराब देता है)* तैरते तुम भले ही बतख की तरह हो, लेकिन देखने में बिलकुल हंस लगते हो।

ट्रिंक्यूलो : अरे स्टीफेनो ! क्या और बची है ?

स्टीफेनो : अमाँ यार, क्यों घबड़ाते हो ? अभी पूरा पीपा रखा है। मेरा खजाना वहीं है, जहाँ मेरी मदिरा है और अपनी इस दौलत को मैंने समुद्र के किनारे एक बड़ी चट्टान की आड़ में छिपा रखा है। क्यों रे, राक्षस ? अब तेरी जूड़ी का क्या हाल है ?

केलिबान : तुम स्वर्ग से उतरे हो न ?

स्टीफेनो : चंद्रमा से। मैं असल में चंद्रलोक का ही प्राणी हूँ।

केलिबान : मैंने तुम्हें वहाँ देखा है और तुम मुझे बहुत अच्छे लगते हो। मेरी मालकिन ने मुझे तुम्हें, तुम्हारे कुत्ते–गाड़ी सबको दिखाया है।

स्टीफेनो : चल इधर। कसम खा। यह बोतल मुँह से लगा। *(केलिबान को देता है)* मैं इसे अभी फिर से भर लूँगा। खा कसम !

ट्रिंक्यूलो : कसमन, यह राक्षस महाबौड़म है। मैं इससे बेकार ही डर गया था। यह तो खुद ही निहायत डरपोक है। चंद्रमा पर मनुष्य ! कितनी जल्दी हर बात मान लेता है। क्यों रे, मजा आया ? बहुत बढ़िया खिंची हुई है।

केलिबान : मैं तुम्हें इस द्वीप में उपजाऊ जमीन इंच-इंच दिखा दूँगा। मैं तुम्हारे पाँव चूमूँगा। तुम मेरे देवता हो।

ट्रिंक्यूलो : कसमन, निहायत धोखेबाज और पियक्कड़ राक्षस है। यह इंतजार कर रहा है कि कब इसके देवता की आँख लगे और कब यह उसकी बोतल उड़ाकर चंपत हो।

केलिबान : मैं तुम्हारे पाँव चूमूँगा। मैं तुम्हारी हमेशा गुलामी करूँगा।

स्टीफेनो : अच्छा, आ इधर आ, झुक, खा कसम।

ट्रिंक्यूलो : अरे यार, मैं इस गोबर-गणेश की हरकतें देख-देखकर हँसते-हँसते बेहोश हो जाऊँगा। वाह रे भोंदू। मेरा तो इसे ठोकने को मन करता है।

स्टीफेनो : आ, ले बोतल ! *(केलिबान को पिलाता है)*

ट्रिंक्यूलो : लेकिन बेचारा इस समय नशे में है। ओह, कितना गंदा है !

केलिबान : मैं तुमको झरने दिखाऊँगा मधुर सलिल के,
और तोड़ लाऊँगा मीठे फल बेरी के।

मछली पकड़ूँगा, वन से ईंधन लाऊँगा
गाज गिरे उस हत्यारे पर, करता जिसकी
रहा गुलामी, मैं न लाऊँगा उसका ईंधन,
मैं अब सिर्फ तुम्हारा सेवक ! तुम अद्‌भुत हो !
तुम अपूर्व हो।

ट्रिंक्यूलो : कैसा बेवकूफ राक्षस है ! इस बेचारे शराबी को 'अद्‌भुत' बता रहा है।

केलिबान : बिनती करता हूँ तुम मेरे साथ चलो,
वह जगह दिखाऊँ, जहाँ सेब के वृक्ष ऊगते;
चलो खिलाऊँ कंद खोदकर अपने लंबे
नाखूनों से; नीड़ दिखाऊँ नीलकंठ का;
और चपल वे वानर जिनकी गुच्छेदार पूँछ
होती है, उन्हें जाल में फाँस पकड़ना
सिखलाऊँ मैं तुम्हें आज ही; हेजेल के
झुरमुट दिखलाऊँ, मिलती मेवा जहाँ ढेर-सी;
कभी-कभी स्केमिल पक्षी के चूजे भी लाकर
मैं दूँगा चट्टानों से; क्या तुम मेरे
साथ चलोगे ?

स्टीफेनो : तू रास्ता दिखा। बातें मत बना। ट्रिंक्यूलो, अगर महाराज और सब उनके साथी डूब गए होंगे, तो हम यहीं...इसी द्वीप में बस जाएँगे। अच्छा, तुम मेरी बोतल पकड़ो। इसे अभी भरना है।

केलिबान : *(नशे में गाता है)* अलविदा मालिक ! अलविदा ! अलविदा !

ट्रिंक्यूलो : भूँकता, बहकता बौड़म राक्षस !

केलिबान :
घेरनी पड़ेंगी अब नहीं मछलियाँ,
लादनी पड़ेंगी अब नहीं लकड़ियाँ,
खोदनी हमें अब नालियाँ कभी नहीं,
माँजनी हमें अब थालियाँ कभी नहीं
...बान...बान...केलिबान
आज हुआ भाग्यवान
नया स्वामी है महान
मिल रही स्वतंत्रता !
हे हो अलविदा !
हो हो अलविदा !
अलविदा ! अलविदा !

अलविदा बृद्धराम !
खोज लो नया गुलाम !!
अलविदा ! अलविदा !!

स्टीफेनो : शाबास ! चलता रह !

तीसरा अंक

पहला दृश्य

(प्रास्पेरो की गुफा के सामने)

(फर्डिनेंड का एक लक्कड़ लिए हुए प्रवेश)

फर्डिनेंड : कुछ श्रम होते हैं निश्चय ही अति दुखदाई,
किंतु जुड़ा रहता मन का आनंद कभी जब
कठिन कष्ट से, सार्थक होतीं श्रम की घड़ियाँ;
कितने छोटे कार्य गर्व से अक्सर लोग
किया करते हैं; अतिसाधारण दीनकर्म भी
फलता है शुभ फल समृद्धि के। यह जो मेरा
कठिन कर्म है, कितना अधिक कठिन यह होता,
निंदनीय भी, अगर न होता साथ प्रिया का;
वह जड़त्व में नव्य चेतना भर देती है,
पीड़ा को उमंग में परिणत कर देती है।
आह, पिता उसका निर्दय है, कर्कशता का
ही स्वरूप है, किंतु दस गुनी वह दयालु है।
ये हैं लक्कड़ कई हजार हटाने मुझको,
और लगाना इनका पूरा ढेर वहाँ पर।
सच, कितनी कठोर आज्ञा है ! पर वह मेरी
मधुर प्रेयसी मुझे देखती जब यह करते,
रो देती है, कहती—इतना घृणित कर्म यह
हाय, तुम्हारे ही करने को ? लो फिर भूल
गया मैं अपना काम, किंतु ये मीठी बातें
जब-जब आतीं याद स्फूर्ति-सी दे जाती हैं,
तन का श्रम हल्का होता है। हाँ, मन भारी
हो जाता है !

(मिरैंडा का प्रवेश, प्रास्पेरो भी कुछ दूरी पर अदृश्य रूप में)

मिरैंडा : हाय, प्रार्थना मेरी तुमसे, करो न इतना
कठिन परिश्रम ! ढेर लक्कड़ों के ढोने को
जोकि तुम्हारे लिए पड़े हैं...कौंश टूटती
बिजली इन पर, जलकर होते ढेर पलों में;
बिनती करती हूँ, ले लो विश्राम तनिक तुम।
रहने भी दो। कठिन काठ जब यह सुलगेगा
पछता-पछताकर रोएगा—कितना इसने
तुम्हें थकाया। मेरे पिता अध्ययनरत हैं,
मानो मेरी बात, जरा सुस्ता लो अब तुम,
अभी तीन घंटे तक उनका आना इधर
नहीं संभव है।

फर्डिनेंड : आह, देवि ! हो सूर्य अस्त, इसके पहले ही
कार्य समाप्त मुझे करना है।

मिरैंडा : तो तुम बैठो, तब तक मैं ढोती हूँ इनको,
लाओ मुझको दो, मैं इसको पहुँचा दूँगी !

फर्डिनेंड : नहीं, नहीं री पंकज बदने !
चाहे मेरी नस-नस चटखे, कमर टूट जाए
थकान से, तुम्हें कदापि न करने दूँगा
हीन कर्म यह।

मिरैंडा : मेरे लिए सहज यह वैसे, जैसे तुमको,
शायद तुमसे कुछ ज्यादा ही सरल मुझे है,
क्योंकि प्रबल इच्छा है मेरी यह करने की,
जब कि अनिच्छा से करना पड़ता है तुमको !

प्रास्पेरो : *(स्वगत)* पगली, तेरा हृदय बिंध चुका प्रणय-दंश से,
तेरी यहाँ उपस्थिति खुद इसका प्रमाण है !

मिरैंडा : लगता, बहुत थक गए हो तुम !

फर्डिनेंड : नहीं देवि, तुम साथ यहाँ हो, तो यह रात
प्रभात मुझे है। अच्छा, शुभे, एक अनुनय है,
तुम अपना प्रिय नाम बता दो, जिससे शामिल
करूँ मैं उसे अपनी नित्य प्रार्थनाओं में।

मिरैंडा : मेरा नाम मिरैंडा है। उफ, मना किया था
मुझे पिता ने यह कहने को।

फर्डिनेंड : आह मिरैंडा, तुम सचमुच ही सीमा हो
सौंदर्य-अचल की; सबसे प्यारी निधि धरती की।

कितनी ही सुंदरियाँ जग में देखीं और
सराहीं मन में; और
अनेक बार उनकी उस मधुबोली ने
बाँधे मेरे श्रवण सुखद स्वर-सम्मोहन से;
भिन्न गुणों के लिए भिन्न युवतियाँ सराहीं,
लगी एक भी पूर्ण न मुझको; कोई दूषण
था हर छवि में, जो उसके सबसे आकर्षक
गुण को कुंठित कर देता था। लेकिन तुम, हाँ
केवल तुम हो पूर्ण रूप-छवि ! अद्वितीय अपने में
सुंदर जीवों के लावण्यसार-सी !

मिरैंडा : पर मैं तो कोई भी स्त्री को नहीं जानती,
नहीं याद है मुझे एक भी नारी-मुख की,
सिर्फ एक अपने को देखा है दर्पण में,
और पुरुष ? सो वह भी केवल दो देखे हैं—
एक पिताश्री मेरे, दूजे मधुर मीत तुम।
कैसी आकृतियाँ हैं जग में, कैसे जानूँ ?
किंतु शपथ मुझको अपने इस सहजशील का,
जो है मेरी प्रिय अमूल्य मणि, नहीं कामना
जग में मुझको किसी अन्य की सिवा तुम्हारे,
नहीं कल्पना गढ़ सकती अब मूर्ति दूसरी
मन के द्वारे ! पर मैं भी क्या बक जाती हूँ,
और भूल जाती हूँ वह आदेश पिता का।

फर्डिनेंड : मैं हूँ राजकुमार एक, ओ सुमुखि मिरैंडा !
शायद ज्यादा सच यह होगा, अगर कहूँ मैं—
'अब राजा हूँ'—गो मैंने यह कभी न चाहा,
मैं यह क्षुद्र गुलामी—यह लक्कड़ ढोने की—
जीते जी स्वीकार न करता, गंदी मक्खी
नहीं बैठने देता मुँह पर, किंतु सच कहूँ,
और इस समय मेरा अंतर बोल रहा है,
जिस क्षण मैंने तुमको देखा, प्रथम दृष्टि में
हुआ हृदय यह मेरा तुमको स्वतः समर्पित;
जो रहता अब पास तुम्हारे, मुझे तुम्हारा
दास बनाकर सदा-सदा को। आह, तुम्हारे
ही खातिर मैं बन गुलाम लक्कड़ ढोता हूँ !

मिरैंडा : क्या तुम मुझे प्यार करते हो ?

फर्डिनेंड : ओ अंबर ! ओ धरा ! साक्षी रहना मेरे
इन शब्दों के और सुखी करना तुम मुझको
अपने मंगल आशीषों से, अगर सच कहूँ,
और मृषा यदि हँ वह सारा सौख्य नष्ट हो
बने शापमय। इस जगती में जो कुछ भी है
उससे कहीं अधिक मैं करता प्यार तुम्हें हूँ;
मूल्य तुम्हारा सबसे ऊपर ! मान तुम्हारा
सबसे ज्यादा।

मिरैंडा : मैं भी कैसी मूरख हूँ, जो रोती हूँ
इन सुखद क्षणों में।

प्रास्पेरो : *(स्वगत)* मधुर मिलन है दो अपूर्व प्रेमी हृदयों का,
मंगल-वर्षा हो अविरल उस प्रेमांकुर पर,
जो दोनों के बीच पल रहा।

फर्डिनेंड : क्यों रोती हो ?

मिरैंडा : इस अयोग्यता पर अपनी, जो दे पाती हूँ
नहीं चाहकर भी मैं तुमको; और न तुमसे
ले पाती हूँ वह, जिसको मैं चाहूँगी मरकर
भी पाना; लेकिन इससे क्या होता है ?
यह जितना छिपता है भीतर, बाहर उतना
ही आतुर होकर दिपता है। अरी निगोड़ी
लाज, दूर हट ! कहने दे मुझको अपने
शिशु सुलभ भाव से—मीत, तुम्हारी
मैं पत्नी हूँ, वरण करो यदि; और नहीं तो
मात्र सेविका बन सारा जीवन काटूँगी;
साहचर्य अपना तुम मुझको भले न दो पर
सेवा का अधिकार स्वयं मैं ले ही लूँगी।

फर्डिनेंड : प्रेयसि मेरी, ओ प्रियतमे, तुम्हारा हूँ मैं
सदा-सदा को !

मिरैंडा : जीवन साथी ?

फर्डिनेंड : हाँ, उतनी प्रसन्नता से स्वीकार मुझे यह,
जैसे कैदी को स्वतंत्रता। यह लो मेरा
हाथ...

मिरैंडा : और यह मेरा भी लो !
नहीं हाथ यह, हृदय दे रही हूँ मैं तुमको।
अच्छा अब जाती हूँ। तुमसे आधा घंटे

बाद मिलूँगी।

फर्डिनेंड : तुम्हें हजारों बार शुभ विदा !

(फर्डिनेंड और मिरैंडा का अलग-अलग दिशाओं में प्रस्थान)

प्रास्पेरो : वैसा हर्ष मुझे क्या होगा, जैसा उनको,
क्योंकि मिला है आज उन्हें यह अकस्मात् ही,
फिर भी मैं इतना प्रसन्न हूँ जितना पहले
कभी नहीं था; अच्छा अब मैं चलूँ और लूँ
अपनी पुस्तक, क्योंकि रात्रि-भोजन के पहले
कई काम वे निपटाने हैं।

दूसरा दृश्य

(द्वीप का अन्य भाग)

(केलिबान, स्टीफेनो और ट्रिंक्यूलो का प्रवेश)

स्टीफेनो : मत कहो, यह मुझसे। जब शराब बिलकुल खत्म हो जाएगी तब पी लेंगे पानी, लेकिन उसके पहले एक बूँद भी नहीं। इसलिए उठो और पियो। गुलाम राक्षस। मेरी सेहत का जाम ले !

ट्रिंक्यूलो : गुलाम राक्षस ! इस द्वीप का हाल सुन। तू कहता है, इस द्वीप में कुल पाँच लोग हैं, जिनमें से तीन हम हैं। अब रहे दो। मैं कहता हूँ—अगर उन दोनों का दिमाग भी हमारे जैसा ही है तो यहाँ की शासन-सत्ता का फिर भगवान ही मालिक है।

स्टीफेनो : गुलाम राक्षस ! मैं तुझे हुक्म देता हूँ—तू जाम उठा। तेरी आँखें तो बिलकुल तेरे सिर में जा लगी हैं।

ट्रिंक्यूलो : और कहाँ लगी होंगी, हाँ अगर पूँछ में लगी होतीं,
तो वह बेशक बहादुर होता।

स्टीफेनो : मेरा गुलाम राक्षस आज नशे में डूबा हुआ है। जहाँ तक मेरा सवाल है, मुझे तो समुद्र भी नहीं डुबो सकता। कसमन, पूरे एक सौ पाँच मील तैरने के बाद मैं किनारे पर आया हूँ। गुलाम राक्षस ! मैं तुझे अपना सेनापति बनाऊँगा या फिर ध्वज-वाहक।

ट्रिंक्यूलो : सेनापति तो चल सकता है, लेकिन ध्वजा कैसे धारण करेगा ?

स्टीफेनो : अच्छा सेनापति ही सही। राक्षस महोदय ! यह समझ लीजिए कि

हम लड़ाई के मैदान से भागेंगे नहीं।

ट्रिंक्यूलो : और न चलेंगे ही। बस, कुत्तों की तरह लेटे रहेंगे, चुपचाप; कुछ नहीं बोलेंगे।

स्टीफेनो : अबे राक्षस ! सिर्फ एक सवाल का जवाब दे दे। क्या तू अच्छा राक्षस है ?

केलिबान : कैसी बात कह रहे श्रीमन् ! तुम मुझको अपने
जूते दो, मैं चाटूँगा; पर चाकरी न
इसकी मुझसे बिलकुल होगी; यह कायर है।

ट्रिंक्यूलो : अबे झूठे। बेवकूफ राक्षस। तुझे कुछ मालूम भी है ? मैं एक पुलिस के सिपाही से भी भिड़ने की हिम्मत रखता हूँ। क्यों बे लुच्चे ! मक्कार मगरमच्छ ! क्या तूने जिंदगी में कोई और आदमी ऐसा देखा है, जो इतनी पी सकता हो जितनी मैं अभी चढ़ा गया हूँ ? शरीर से तो तू आधा मच्छ और आधा दैत्य है, लेकिन झूठ इतना भारी बोलेगा ? पूरे दैत्य के बराबर ?

केलिबान : मेरे स्वामी ! देख लो यह मेरी बेइज्जती कर रहा है। इसे मना करो।

ट्रिंक्यूलो : अच्छा ? उसे स्वामी कहता है ? तअज्जुब होता है—राक्षस और इतना जबरदस्त मूर्ख !

केलिबान : देखा, फिर कह रहा है। मैं तुम्हारे पाँव पड़ता हूँ—इसको इतनी जोर से काटो कि मर जाए।

स्टीफेनो : ट्रिंक्यूलो ! अपनी जुबान पर काबू करो। अगर गद्दारी करोगे, तो सामने उस पेड़ पर लटका दिए जाओगे। यह बेचारा दैत्य मेरी प्रजा है और इसका अपमान बर्दाश्त नहीं किया जाएगा।

केलिबान : धन्यवाद मेरे अच्छे स्वामी ! अब क्या तुम मेरी वह बिनती सुनोगे, जिसे सुन लेने का वायदा तुमने मुझसे किया है।

स्टीफेनो : मरियम साखी ! सुनूँगा। झुक जाओ और उसे दोहरा दो। मैं और ट्रिंक्यूलो खड़े होकर सुनेंगे।

(एरियल का अदृश्य रूप में प्रवेश)

केलिबान : जैसा कि मैंने तुमसे पहले कहा था कि मैं एक भयानक जादूगर की गुलामी में हूँ और उसने जादू के जोर से मुझसे मेरा यह द्वीप छीन लिया है।

एरियल : तू झूठा है।

केलिबान : तू ही झूठा। अरे मसखरे बंदर तू ही।
अच्छा होता, अगर बहादुर मेरे स्वामी के

हाथों तू मारा जाता। मैं झूठा हूँ ?

स्टीफेनो : ट्रिंक्यूलो, अगर तुमने उसकी बात फिर काटी, तो कसमन, मैं तुम्हारे आगे के दाँत तोड़ दूँगा।

ट्रिंक्यूलो : क्यों ? मैंने तो कुछ भी नहीं कहा ?

स्टीफेनो : तो चुप रहो। अब आगे एक भी शब्द नहीं। हाँ, तू अपनी बात कह। *(केलिबान से)*

केलिबान : मैं कहता था—उसने लिया द्वीप यह जादू
से, टोने से, मुझसे छीना है यह उसने,
इसका बदला ले सकते हो, ओ महान तुम,
क्योंकि जानता हूँ, यह साहस केवल तुम में,
यह तो निपट हीन है उससे !

स्टीफेनो : बिलकुल ठीक कहते हो।

केलिबान : और तुम्हीं संपूर्ण द्वीप के स्वामी होगे,
मैं तो सिर्फ गुलाम तुम्हारा।

स्टीफेनो : लेकिन यह सब किया कैसे जाएगा ? तू मुझे पहले उस आदमी को तो दिखा।

केलिबान : हाँ-हाँ, स्वामी ! दिखलाऊँगा उसे, जबकि वह
सोता होगा। कील ठोंक देना तुम सिर में।

एरियल : चल बे झूठे ! तू कर सकता कभी नहीं यह।

केलिबान : रंग-बिरंगे कपड़े झाड़े महामूर्ख यह।
कतरन के टुकड़े झमकाए ! कितना पाजी ?
स्वामी, इसके दो ठूँसे दो और छीन लो
बोतल इससे; पीने दो इसको समुद्र का
खारा पानी; नहीं दिखाऊँगा मैं इसको
मीठे पानी के वे सोते।

स्टीफेनो : ट्रिंक्यूलो ! क्यों मुसीबत मोल ले रहे हो ? मैं कहता हूँ, अब उसके बीच में तुम एक शब्द भी बोले, तो मैं इसी हाथ से अपनी सारी दया-ममता को धकियाकर दरवाजे के बाहर कर दूँगा और तुम्हें मार-मारकर सूखी मछली बना दूँगा।

ट्रिंक्यूलो : क्यों ? मैंने क्या किया है ? मैंने तो कुछ भी नहीं कहा है। तुम कहो तो मैं यहाँ से चला जाऊँ ?

स्टीफेनो : तुमने अभी उसे झूठा नहीं कहा ?

एरियल : तू झूठा है।

स्टीफेनो : मैं हूँ ? तो यह लो। *(ट्रिंक्यूलो को पीटता है)* अभी तबीयत न भरी हो तो फिर कह के देख लो।

ट्रिंक्यूलो : हाय, मैंने तुम्हें झूठा कब कहा ? तुम इस समय होशो-हवास में नहीं हो और ऊँचा भी सुनने लगे हो। गाज गिरे इस निगोड़ी बोतल पर। सब इसी ने कराया है। मरे यह राक्षस, और इस हाथ को जिससे तुमने मुझे मारा है, शैतान चबा डाले।

केलिबान : हा ! हा ! हा !

स्टीफेनो : हाँ, तू अपनी बात पूरी कर। *(ट्रिंक्यूलो से)* तुम जरा दूर खड़े हो।

केलिबान : कसके इसकी ठुकाई करो, थोड़ी देर बाद मैं भी करूँगा।

स्टीफेनो : जाओ, उधर खड़े हो जाकर। *(केलिबान से)* ठीक है, तू आगे की बात बता।

केलिबान : हाँ, मैं तुमसे बता रहा था—उसको तिपहर
में सो जाने की आदत है; यही एक
अवसर है जब तुम हथियाकर वे सभी पोथियाँ
उसका मुंड फोड़ सकते हो; पटक भूमि पर
मारो या फिर लक्कड़ ही सिर पर दे मारो;
या फिर फाड़ो पेट चीज कोई ले पैनी;
या चाकू से गला काट दो; पर यह रखना
याद कि कुछ करने के पहले कब्जे में करनी
हैं वे जादुई पोथियाँ, क्योंकि बिना उनके
वह बिलकुल बुद्धिहीन है मुझ जैसा ही;
हुक्म बजाएगा तब कोई प्रेत न उसका,
वे सब उससे उतनी ही नफरत रखते हैं
जितनी दिल में मैं रखता हूँ। खैर, इसे छोड़ो,
मतलब की बात सुनो यह, आग लगानी
सिर्फ किताबों में ही तुमको, बरतन-भाँडे
उसके पास बहुत अच्छे हैं, चुन-चुनकर
है किया इकट्ठा जिनको उसने, कभी सजाने
को घर अपना; और, अरे हाँ, सबसे बढ़िया
चीज ध्यान देने की जो है—उसकी बेटी
की सुंदरता, जिसे स्वयं वह निरुपम कहता;
मैंने कुल दो स्त्रियाँ जनम-भर में देखी हैं।
एक साइकोरेक्स—वही जो मेरी माँ थी
और दूसरी यह, लेकिन दोनों में इतना
बड़ा फर्क है—वह सुंदरता में लघुतम थी,
है यह निस्संदेह महत्तम !

स्टीफेनो : क्या वह लड़की इतनी सुंदर है ?

केलिबान : हाँ, स्वामी, बेहद सुंदर है ! अच्छा हो तुम
उसे बनाओ अंकशायिनी और करो पैदा वैसी
मोहक संतानें।

स्टीफेनो : राक्षस ! तब तो मैं इस आदमी को जरूर मारूँगा। अहा। वह सुंदर लड़की बनेगी रानी और मैं बनूँगा राजा। भगवान भला करे। और हाँ, तुझे और ट्रिंक्यूलो—दोनों को वायसराय बनाऊँगा। यह योजना कैसी रही ट्रिंक्यूलो ?

ट्रिंक्यूलो : बिलकुल लाजवाब है।

स्टीफेनो : तो मिलाओ हाथ। मुझे अफसोस है जो मैंने तुम्हें मार दिया, पर भाई, अपनी जबान जरा मीठी रखो।

केलिबान : तो फिर अभी आध घंटे के भीतर ही वह
सो जाएगा। इसी समय क्या मार न डालोगे
तुम उसको ?

स्टीफेनो : कसमन, इसी समय मारूँगा।

एरियल : जाता हूँ स्वामी को यह सब अभी बताने !

केलिबान : तुमने मुझे प्रसन्न कर दिया, भरा हुआ है
हर्ष हृदय में, आओ हम आनंद मनाएँ।
क्यों न गीत अब हो जाए वह, सिखा रहे थे
अभी जिसे तुम।

स्टीफेनो : अरे राक्षस ! तेरा अनुरोध मैं टालूँगा नहीं। आओ, ट्रिंक्यूलो, हम गीत गाएँ।

(गाता है)

कर उनसे हँस बोली रे,
खुलकर खूब ठिठोली रे,
खुलकर खूब ठिठोली रे
फिर कर उनसे हँस बोली रे !
ले विचार की आजादी।
पुरस्कार-सी आजादी।

केलिबान : लेकिन धुन यह नहीं गीत की।

(एरियल बाँसुरी और मृदंग पर गीत की धुन निकालता है)

स्टीफेनो : अरे, यह तो वही धुन है।

ट्रिंक्यूलो : हमारे गीत की असली धुन यही है जो किन्हीं दिखाई न पड़नेवाले हाथों से बजाई जा रही है।

स्टीफेनो : अगर तू मनुष्य है तो अपनी असली शक्ल में सामने आ और

शैतान है तो फिर जिसमें इच्छा हो, उसमें आ जा।

ट्रिंक्यूलो : हे भगवान ! मेरे पापों को क्षमा कर।

स्टीफेनो : अरे, मरना तो एक दिन है ही। मैं तुझसे डरता नहीं हूँ। ईश्वर हमारे ऊपर दया करे।

केलिबान : क्या तुम डर गए ?

स्टीफेनो : नहीं, राक्षस ! बिलकुल नहीं !

केलिबान : सारा द्वीप भरा है अद्भुत आवाजों से,
मीठी ध्वनियों से, गीतों की लय-तालों से;
ध्वनियाँ ये मन बहलाती हैं, कुछ तकलीफ न
पहुँचाती हैं। कभी-कभी लगता है मुझको,
कानों के समीप ही जैसे बजने लगते
वाद्य यंत्र हैं; और कभी ऐसे मीठे स्वर
दिए सुनाई, जिन्हें नींद के बाद जागने
पर सुनकर फिर निद्रा आई। कभी स्वप्न में
दिखीं झूमती स्वर्ण घटाएँ, बरसाने को
आतुर मुझ पर विभव-संपदा, ऐसा सपना
देख जागने पर मन होता—फिर सो जाऊँ !

स्टीफेनो : यह मेरा राज्य सचमुच शानदार होगा, जहाँ मुफ्त में ही संगीत का आनंद मिला करेगा।

केलिबान : हाँ, पर पहले प्रास्पेरो तो मरे।

स्टीफेनो : वह तो मरेगा ही। मुझे एक कहानी याद आ गई।

ट्रिंक्यूलो : लो संगीत की ध्वनि तो जा रही है। चलो, पहले हम इसका पीछा करें फिर अपना काम पूरा करेंगे।

स्टीफेनो : राक्षस, तू रास्ता दिखा। हम इसका पीछा करेंगे। इस मृदंग बजानेवाले की शक्ल देखने की बड़ी इच्छा है, बहुत अच्छा बजाता है।

ट्रिंक्यूलो : तुम जा रहे हो, स्टीफेनो ? अरे यार, मैं भी चल रहा हूँ।

(प्रस्थान)

तीसरा दृश्य

(द्वीप का अन्य भाग)

(एलोंजो, सेबेस्टियन, गोंजालो, एड्रियन, फ्रांसिस्को और अन्य लोगों का प्रवेश)

गोंजालो : मरियम साखी, मैं न चल सकूँगा अब आगे
महाराज ! दुखतीं हैं मेरी वृद्ध हड्डियाँ।
अच्छी भूल-भुलैया है यह, कभी रास्ता
सीधा मिलता और कभी चक्कर पर चक्कर।
आज्ञा हो तो, तनिक देर बैठूँ-सुस्ता लूँ।

एलोंजो : अरे वृद्ध सामंत ! भला क्या दोष तुम्हारा ?
स्वयं थक गया हूँ मैं इतना, शिथिल चेतना
हुई जा रही; अच्छा अब, विश्राम करें हम।
अब अपने बेटे के बचने की उम्मीद
छोड़ता हूँ मैं—रहने दूँगा इसे न, मन के
फुसलाने को। जो डूबा पानी में, उसके
लिए भूमि पर भटक रहे हम, हँसता है
समुद्र इस भोली नादानी पर। चला गया जो
उसे कौन लौटा सकता है ?

एंटोनियो : *(अलग सेबेस्टियन से)*
चलो इन्होंने आशा छोड़ी, मैं अब खुश हूँ।
तुम न छोड़ना उसे जिसे करने का बीड़ा
उठा चुके हो, भले मिली हो असफलता
पहले प्रयत्न में।

सेबेस्टियन : *(अलग एंटोनियो से)*
अब की मौका मिला कि हम वह कर गुजरेंगे।

एंटोनियो : *(अलग सेबेस्टियन से)*
तो फिर आज रात ही रक्खो क्योंकि अभी वे
इतना चलकर थके हुए हैं, नहीं चौकसी
रख पाएँगे, या रख सकते, जैसे रोज
रखा करते हैं।

सेबेस्टियन : *(अलग एंटोनियो से)*
बेशक, आज रात ही सबसे ठीक रहेगी
अच्छा, अब बस।
(विचित्र और गंभीर संगीत)

एलोंजो : यह कैसा संगीत यहाँ पर ? मेरे प्रिय
साथियो, सुनो तो !

(ऊपर प्रास्पेरो का अदृश्य रूप में प्रवेश। अनेक विचित्र आकृतियाँ दावत की सामग्री लिए हुए आती हैं, अभिनंदन की मुद्रा में नृत्य करती हैं और राजा को खाने के लिए निमंत्रित करती हुई चली जाती हैं)

एलोंजो : हे प्रभु ! रक्षा करो हमारी। यह सब क्या है ?

सेबेस्टियन : जीवित पुतलियों की क्रीड़ा !
अब तो मैं विश्वास करूँगा...हो सकता है
जग में एक सींग का घोड़ा और अरब में
वह तरुवर भी, जिस पर सदा अमर होकर
फीनिक्स बैठता !

एंटोनियो : मैं भी मान गया, दोनों ही बातें सच हैं;
और अलावा इसके, कुछ भी लगता जो
संदेह-जनक है, मुझसे कसम धरा लो, सच है।
वे कहानियाँ झूठ नहीं हैं, दूर यात्रा
से लौटे जो पथिक सुनाया करते अक्सर,
मूर्ख भले की मिथ्या कहकर हँसी उड़ा लें।

गोंजालो : यदि नैपिल्स पहुँचकर मैं यह कहूँ
कि मैंने ऐसा देखा...क्या वे सब
विश्वास करेंगे, यदि मैं उनसे कहूँ कि मैंने
ऐसे द्वीप-निवासी देखे, क्योंकि यकीनन
वे सब द्वीप निवासी ही हैं, कौन भला
मानेगा मेरी ? शक्लें हैं जरूर उनकी कुछ
दैत्य सरीखी, लेकिन वह सौजन्य-शील जो
दिखता उनमें, हममें से बहुतों में दुर्लभ।
शायद उतना नहीं किसी में।

प्रास्पेरो : *(स्वगत)*
आह, सुधी सामंत, कहा तुमने यथार्थ है,
क्योंकि उपस्थित तुम लोगों के बीच यहाँ कुछ
ऐसे भी हैं जो शैतानों से भी बदतर !

एलोंजो : और न अब विस्मय-विमूढ़ मैं रह सकता हूँ
इन आकृतियों, मुद्राओं, ध्वनि-संकेतों पर,
जो करतीं हैं व्यक्त बहुत कुछ बिना जीभ के;
यह सब मधुर, मौन संभाषण-सा लगता है।

प्रास्पेरो : *(स्वगत)* यह तारीफ बाद में करना।

फ्रैंसिस्को : लो, वे अंतर्धान हो गए।

सेबेस्टियन : तो चिंता क्या ? भोजन वे पर्याप्त रख गए
और हमारे पास उदर हैं। श्रीमन् आप
नहीं लेंगे कुछ ?

एलोंजो : नहीं, मैं नहीं।

गोंजालो : श्रीमन्, भय या आशंका की बात नहीं कुछ।
अरे, हमारे ही बचपन में कौन मानता
था कि पहाड़ों पर होते हैं ऐसे प्राणी
जिनके घेघे बढ़े हुए दिखते बैलों से,
जो झोली-भर मांस गरदनों में लटकाए
चलते फिरते; अथवा वे जिनके सिर होते
वक्षस्थल में, किंतु आज कोई भी यात्री
इन्हें प्रमाणित कर सकता है,
बिना झिझक भारी-सी शर्त लगा सकता है।

एलोंजो : तो आओ, फिर खा ही लें हम। भले आखिरी
हो भोजन यह, फर्क नहीं कुछ भी पड़ता है,
सबसे अच्छे दिन जीवन के बीत चुके हैं,
आओ भाई और ड्यूक श्रीमंत आप भी,
साथ हमारा दें भोजन में।

(बादल की गर्जना। बिजली की चमक। स्त्री के मुखवाले दैत्य-पक्षी के रूप में एरियल का प्रवेश। वह मेज पर ही अपने पंख फड़फड़ाता है और विचित्र ढंग से सारा सामान तुरंत गायब हो जाता है)

एरियल : तुम तीनों पापी हो, जिनको स्वयं नियति की
ही आज्ञा से उस भूखे समुद्र ने बरबस
इस एकाकी भूमि-खंड में उगल दिया है।
और नियति वह, जिसके इच्छा-संकेतों पर
धरती चलती, तुम्हें मनुष्यों के संग रहने
को ठहराती चिर अयोग्य है, इसीलिए तुम
तीनों ही उन्माद-ग्रस्त कर दिए गए हो,
जो परिणत होता है केवल आत्मघात में,
चाहे अपने को फाँसी दो या फिर डूब
मरो पानी में।

(एलोंजो, सेबेस्टियन आदि अपने खड्ग खींचते हैं)

अरे मूर्खो ! हम नियुक्त हैं स्वयं देव से।
क्षुद्र धातु है जिससे निर्मित खड्ग तुम्हारे,
इनसे मुझको क्षत करना बिल्कुल ऐसा है,
जैसे तेज हवाओं को घायल कर उनका
रक्त बहाना या उपहासास्पद आघातों
से पानी के टुकड़े करना। नहीं दुखा
सकते तुम मेरे इन पंखों का एक रोम भी;
इसी तरह, साथी भी मेरे चिर अभेद्य हैं।
अरे, चाहते भी तुम तो क्या अस्त्र तुम्हारे
चल सकते थे, जो अब बहुत अधिक भारी
हो गए तुम्हारे इन हाथों को। लेकिन भूलो
नहीं, क्योंकि मैं आया हूँ इस समय यही
कहने को तुमसे, तुम तीनों ने ही मिलकर
उस भले प्रास्पेरो को मिलान से फेंक निकाला,
छोड़ दिया था उसे और उसकी निर्दोष
बालिका को भी अगम सिंधु में पूर्ण अरक्षित;
इसी तुम्हारे नीच कर्म के लिए तुम्हें
दंडित करने को देव शक्तियों ने समुद्र को
क्रुद्ध किया था और विरुद्ध चराचर जग को;
यहाँ देर हो जाए भले, अंधेर नहीं है।
एलोंजो ! तेरा बेटा भी लिया उन्होंने,
और घोषणा है यह उनकी मेरे द्वारा—
तुम्हें भोगनी है अब लंबी कठिन यातना
जोकि मृत्यु से अधिक दुखद है वह देती है
कष्ट पलों का, यह तुमको तिल-तिल तोड़ेगी।
इस वीरान द्वीप की सीमाओं में बंदी,
अगर चाहते तुम बचना उस देव-कोप से,
केवल एक उपाय, करो प्रायश्चित मन में,
वचन भरो कि रहोगे अब निर्मल जीवन में।

(वह बिजली की कड़क में गायब हो जाता है। मीठा भावभीना संगीत। पिछलीवाली आकृतियाँ फिर से प्रवेश करती हैं, नृत्य करती हैं, फिर मुँह बनाती हुई, चिढ़ाती हुई मेज उठा ले जाती हैं)

प्रास्पेरो : क्या ही सुंदरता से तूने कार्य किया है
वत्स एरियल ! स्त्री-मुखवाले पक्षी का

अभिनय अपूर्व था; एक शब्द भी तूने छोड़ा
नहीं, कहा जो था मैंने तुझसे कहने को;
इसी तरह मेरे सामान्य अनुचरों ने भी
अपने-अपने कार्य किए स्वाभाविक ढंग से,
ठीक-ठीक, जैसे करने को कहा गया था;
जादू अपनी पूर्ण शक्ति पर; और शत्रु ये
जो दिखते हैं अब बिल्कुल उन्माद-ग्रस्त से,
पूरी तरह हुए मेरे अधिकार-पाश में।
इन्हें पगलपन के दौरों में अब मैं छोड़ूँ,
देखूँ चलकर फर्डिनेंड को, उसे इन्होंने
डूबा समझा, पर वह है अपनी प्यारी के
पास इस समय, जो है मेरी परम दुलारी।

(ऊपर से प्रस्थान)

गोंजालो : परम पवित्र कहाता जो कुछ भी धरती पर,
लें उसका ही नाम बताएँ कृपया मुझको,
महाराज, इस तरह उधर क्या देख रहे हैं ?

एलोंजो : अरे भयानक, महा भयानक !
लगा कि जैसे सागर की लहरें ही बोलीं
और उसी की प्रतिध्वनियाँ अंबर में डोलीं;
गर्जित मेघों के भीषणतम तूर्यनाद-सा
अभी यहाँ पर नाम प्रास्पेरो का गूँजा था।
उसी भयंकर स्वर ने मुझको घोषित किया
अभी अपराधी। लगता, मेरा पुत्र सिंधुतल
में सोया है। मैं ढूँढूँगा उसे और गहरे में जाकर
गहराई वह जिसकी थाह नहीं साहुल
भी ले सकता है, मैं जाऊँगा वहीं और अपने
बेटे के संग सोऊँगा !

(प्रस्थान)

सेबेस्टियन : एक-एक करके आ जाओ, अरे पिशाचो।
और निपट लो आकर मुझसे।

एंटोनियो : मैं भी दूँगा साथ तुम्हारा।

(सेबेस्टियन और एंटोनियो का प्रस्थान)

गोंजालो : तीनों ही उन्माद-ग्रस्त हैं !
वह जघन्य अपराध आज इतने वर्षों के
बाद जहर-सा असर कर रहा है घुल-घुल

इनकी आत्मा में। बिनती करता हूँ उनसे, जो
अभी तरुण हैं, उनके पीछे-पीछे जाएँ
और उन्हें रोकें ऐसा कुछ भी करने से,
जो संभव होता है ऐसे क्षुब्ध क्षणों में !

एड्रियन : हाँ, जल्दी से जाओ। जाओ !

(प्रस्थान)

चौथा अंक

पहला दृश्य

(प्रास्पेरो की गुफा के सामने)

(प्रास्पेरो, फर्डिनेंड और मिरैंडा का प्रवेश)

प्रास्पेरो : यदि मैंने तुमसे कठोर व्यवहार किया है,
तो समझो अब पूर्ति उसी की होनी है इस
मधुर दान से; क्योंकि दिया है मैंने तुमको
एक अंग अपने जीवन का—वह जिसके हित
मैं जीता हूँ, सौंप रहा हूँ एक बार फिर
उसे तुम्हारे इन हाथों में; और यातनाएँ
जो तुमको पड़ीं भोगनी, वे तो सिर्फ
परीक्षाएँ थीं, वत्स, तुम्हारे विमल प्रेम की;
उनमें सचमुच सफल हुए तुम। यहाँ स्वर्ग की
साक्षी में यह तुम्हें समर्पित दिव्य संपदा।
फर्डिनेंड, हँसते हो मेरे इन शब्दों पर ?
इस प्रशस्ति पर ? लेकिन तुम खुद ही देखोगे
सद्गुण उसमें ऐसे हैं, जो कहीं
अधिक भारी पड़ते हैं किन्हीं प्रशंसा के शब्दों से !

फर्डिनेंड : दे विरुद्ध साक्षी चाहे आकाश स्वयं ही,
पर मेरा विश्वास नहीं डिगने पाएगा।

प्रास्पेरो : तब यह मेरा दान, जो कि है प्राप्य तुम्हारा,
यह शुभ कन्या-रत्न करो स्वीकार आज तुम;
किंतु याद रखना, विवाह के पावन संस्कारों
से पहले हुआ कहीं कौमार्य विखंडित,
वंचित होगे देवों के आशीष-अमृत से;
और तुम्हारा यह प्रेमांकुर नहीं पल्लवित

हो पाएगा। घोर घृणा, कटु तिरस्कार औ'
कलह नित्य की, ये सब-के-सब मिलकर ऐसे
कुत्सित शूल बिखेरेंगे उस मिलन-सेज पर,
घोर अरुचि ही हो जाएगी उससे तुमको।
इसीलिए कहता हूँ तुमसे—रहना भरसक
सावधान इन मुग्ध पलों में, क्योंकि तुम्हें
अपना वैवाहिक जीवन सफल सिद्ध करना है !

फर्डिनेंड : चूँकि साध है मेरे मन में अपने शांत
सुखद भविष्य की, सुंदर संतानों की और
दीर्घ जीवन की, और साथ में यह इच्छा भी,
बना रहे यह प्रेम निरंतर; निश्चित समझें,
कैसी भी हो गुफा अँधेरी, कैसा भी
एकांत स्थान हो, कितना ही फुसलाया जाऊँ
अपने पापी मन के द्वारा, नहीं फिसलने
दूँगा मैं यों अपने को वासना-कीच में,
नहीं मलिन होने दूँगा मैं दिव्य प्रभा उस
भव्य दिवस की जब युवकों के मन करते हैं
मधुर प्रतीक्षा उन घड़ियों की और सोचते
हैं आतुर हो, क्या ठहरे हैं अश्व सूर्य के ?
या कि किसी ने कैद कर लिया है रजनी को ?

प्रास्पेरो : साधु ! साधु ! क्या खूब कहा है ! अच्छा बैठो,
बात करो इससे तुम, अब तो यह हो गई
तुम्हारी अपनी। कौन ? एरियल ! तू है ! मेरे
चिर परिश्रमी प्यारे सेवक !

(एरियल का प्रवेश)

एरियल : महाबली स्वामी आज्ञा दें, मैं प्रस्तुत हूँ।

प्रास्पेरो : तूने औ' तेरे सहायकों ने मिलकर के
अपना पिछला कार्य किया था जिस खूबी से,
वैसे ही अब एक और यह निपटाना है।
जा जल्दी से, सब सहायकों को बटोर ला।
यहीं, इसी थल पर तू उनको लगा काम पर,
चमत्कार अपनी विद्या का दिखलाना है—
इन दोनों को। इनसे मेरा यह वादा था।
इच्छुक हैं ये बहुत देखने को वह लीला।

एरियल : इसी समय क्या ?

प्रास्पेरो : बिल्कुल इसी समय, पलभर में !

एरियल : इसके पूर्व कि आप कह सकें 'आओ-जाओ'
और दो दफा लेकर साँस कहें—ऐसा हो,
वे दीखेंगे यहाँ बनाए अपना बाना;
प्यार मुझे करते हैं, कहिए, 'हाँ' अथवा 'ना'।

प्रास्पेरो : बेशक तुझे प्यार करता हूँ बहुत एरियल !
अच्छा अब तू जा, आना जब तुझे बुलाऊँ।

एरियल : समझ गया मैं।

(प्रस्थान)

प्रास्पेरो : देखो, अपना वचन निभाना। ढील न देना
मुक्त विलास-वासनाओं को। बड़ी-बड़ी कसमें
तिनकों-सी स्वाहा होतीं काम-अग्नि में;
या तो सीखो संयम की साधना, अन्यथा
अर्थ नहीं होगा कुछ भी कोरी कसमों का।

फर्डिनेंड : करें आप विश्वास, हृदय का श्वेत, पवित्र
और शीतल हिम मेरी तन-यौवन-ज्वाला को
शांत रखेगा।

प्रास्पेरो : अच्छा, अब तू आ जल्दी से वत्स एरियल !
ला अपने सब सहचर-अनुचर; देख नहीं हो
कमी किसी की; कर आरंभ प्रदर्शन अपना।
देखो, तुम दोनों चुप रहना, कहना कुछ मत,
सिर्फ देखना।

(कठपुतलियों का नृत्य)

(आइरिस का प्रवेश)

आइरिस : ओ सिरीज़ ! ओ अन्नपूर्णा ! सुनो तुम्हारे
लिए एक आदेश मिला है आज स्वर्ग की
परम अधिष्ठात्री देवी जूनो का मुझको,
उसे सुनाने को आई मैं दूती उनकी,
सुभग इंद्रधनु के रथ पर चढ़।
छोड़ो अपने हरे-भरे मखमली खेत वे
गेहूँ के, राई के, जौ के, उड़द मूँग के,
जई-मटर के; छोड़ो अपनी पर्वत घाटी
के प्रदेश वे जहाँ कुतरती तृण चरती हैं
भेड़ें भोली; छोड़ो अपने लंबे-लंबे
चरागाह वे घनी दूब के और साथ ही

कूल नदी के, जहाँ ऊगते फूल बसंती;
वे नरकुल के वृंत्त नुकीले, गए सँवारे
जो ऋतुपति से, परियाँ जिनसे मुकुट बनातीं;
घनी छाँहवाले तटवर्ती वे निर्जन निकुंज
भी छोड़ो, जो प्रिय लगते हैं वियोगियों
को सुधियों की दुख-घड़ियों में;
छोड़ो वह अंगूर-वाटिका, जहाँ लिपटकर
खंभों से बेलें फैली हैं; छोड़ो अपना
वह समुद्र-तट चट्टानों से भरा अनुर्वर,
जहाँ वायु-सेवन करतीं तुम, और यहाँ
आओ, देखो, इस हरी दूब के भूमि-खंड में
क्रीड़ा करने को आ रही स्वामिनी अपनी;
तुम्हें साथ उनके रहना है; आते ही
होंगे मयूर उनका रथ लेकर; आओ,
उनका स्वागत करने को प्रस्तुत हों।

(सिरीज़ का प्रवेश)

सिरीज़ : जय हो, चित्र-विचित्र वसनवाली स्वर्दूती !
नहीं अवज्ञा तुम करती हो कभी बृहस्पति
की पत्नी की; अपने केसरिया पंखों से
टपकाती हो मधु की बूँदें और फुहारें
ताजी ठंडी मेरे इन फूलों के तन पर,
नए इंद्रधनु की आभा के एक छोर से
मंडित करतीं तुम मेरी हरिताभ वन-श्री;
औ' दूजे से नग्न ढलाने गिरि शिखरों की;
और इस तरह पहनाती हो दिव्य मेखला
मेरी ज्योतिर्मयी धरा को। अच्छा बोलो,
क्यों देवी ने मुझे बुलाया आज यहाँ पर ?

आइरिस : दो सच्चे प्रणयी हृदयों के मधुर मिलन का
पर्व मनाने औ' उन पर आशीषों का मधु
बरसाने को !

सिरीज़ : अरे इंद्रधनुवाली शोभामयी अप्सरे,
मुझे बताओ—क्या वीनस या उसका बेटा
अब भी देवी की सेवा में ? बात असल में
है यह, मैंने उन दोनों का संग तज दिया,
बड़े प्रपंची हैं वे दोनों...था षड्यंत्र

उन्हीं का जो वह कुत्सित प्लूटो मेरी प्यारी
बेटी को छल से ले भागा।

आइरिस : उसके होने का भय छोड़ो, मैंने खुद उसको
देखा था, चली जा रही थी बेटे के
संग बतखों के रथ पर बैठी, मेघों के
आवरण फाड़ती, तेजी से फैफस की दिशि में;
उन दोनों ने यह सोचा था—चल जाएगा
जादू उनका इस नवयुवक और युवती पर,
जोकि प्रतिज्ञा कर बैठे हैं—नहीं प्राप्य
लेंगे वे अपनी मिलन-सेज का जब तक होता
ब्याह न उनका और देवता का मंगल-
आलोक न मिलता। लेकिन विफल-मनोरथ लौटी
वह उन्मादिनि प्रिया मार्स की, भिन्नाकर
उसके बेटे ने वे सब बाण तोड़ डाले हैं—
कहता है—अब नहीं बाण-संधान करूँगा,
बस खेलूँगा अबाबील से, जैसे बालक
खेला करते।

सिरीज़ : लो आ रहीं स्वर्ग की रानी, पगध्वनि यह
मेरी पहचानी।

(जूनो का प्रवेश)

जूनो : कैसी हो ओ बहना मेरी ? आओ मेरे
साथ यहाँ पर, देने को आशीष दंपती
को चल सत्वर, जिससे वे संपत्ति और
संततिशाली हों।

(वे गाती हैं)

मिलें तुम्हें सम्मान-संपदा,
और प्रणय-मधु दान सर्वदा,
रस बरसे सुख की पूनो का,
यह आशीष तुम्हें जूनो का।

सिरीज़ : बाहर फैले खेत हरे हों,
भीतर नव भंडार भरे हों,
अंगूरों के गुच्छे बड़े हों,
लदे फलों के पेड़ खड़े हों,
तब तक रहे बसंत कुमारी,
जब तक फसलें कटें तुम्हारी,

रहे अभाव न किसी चीज का।
यह आशीष तुम्हें सिरीज का।

फर्डिनेंड : कितना अद्भुत कितना सुंदर दृश्य मनोहर !
क्या ये सब आत्माएँ ही हैं ?

प्रास्पेरो : सब आत्माएँ !
ये आई हैं निज भवनों को छोड़ यहाँ पर
मेरी इच्छा-पूर्ति के लिए।

फर्डिनेंड : इच्छा होती, यहीं रहूँ मैं, कहीं न जाऊँ,
ऐसे अद्भुत शक्तिवान गुणवान श्वसुर के
साथ भूमि यह किसी तरह कम नहीं स्वर्ग से !

(जूनो और सिरीज़ आपस में धीरे-धीरे कुछ बात करती हैं और आइरिस को किसी कार्य से भेजती हैं)

प्रास्पेरो : अच्छा, बेटे, अब चुप रहना।
जूनो और सिरीज परस्पर कुछ कर रहीं
मंत्रणा देखो, लगता अभी और कुछ बाकी। चुप,
बिल्कुल चुप रहो, अन्यथा जादू गड़बड़
हो जाएगा।

आइरिस : ओ अप्सरियों, ओ जलपरियों, आवारा झरनों
के संग विचरनेवाली ओ सुंदरियों !
शुभ्र शीश पर हरित नरकुलों के शोभामय
मुकुट धरे ओ वन्य हरिणियों जैसी भोली
आँखों वाली ओ कुमारियों ! छोड़ो अपने
कलकल करते झरते झरने और यहाँ इस
हरी घास पर अब प्रस्तुत हो देवी जूनो
की सेवा में; यह आदेश उन्हीं का; दो
सहयोग हमारे इस उत्सव में, जोकि प्रणय के
अभिनंदन पर आयोजित है। आओ जल्दी।

(जलपरियों का प्रवेश)

अरे धूप से सँवलाए तनवाले कृषको,
अपने जुते हुए खेतों को छोड़ो–आओ,
राई के तिनकों से निर्मित टोप चढ़ाओ,
पर्व मनाओ और आज इन अप्सरियों के
साथ खुशी से नाचो, गाओ !

(सुंदर वस्त्र पहने कुछ किसान आते हैं, वे अप्सरियों के साथ नृत्य में सम्मिलित होते हैं। नृत्य की समाप्ति के कुछ पहले

ही प्रास्पेरो अचानक खड़ा हो जाता है और कुछ कहता है, जिसके बाद एक विचित्र मंद और अस्पष्ट ध्वनि के साथ वे आत्माएँ गायब हो जाती हैं)

प्रास्पेरो : लो मैं तो भूल ही गया था वह कुत्सित
षड्यंत्र, नीच उस केलिबान ने आज रचा है
अपने संग-साथियों से मिल, मेरा जीवन ले लेने को;
अब तो वह क्षण भी आ पहुँचा।
(आत्माओं से) सुंदर अतिसुंदर ! अब जाओ, बस काफी है !

फर्डिनेंड : है आश्चर्य कि पिता तुम्हारे भरे क्रोध से
दीख रहे हैं, और बढ़ रहा वह प्रतिपल है।

मिरैंडा : इसके पहले इतना क्रुद्ध नहीं देखा था मैंने उनको।

प्रास्पेरो : अरे वत्स, तुम तो लगते हो कुछ विचलित से,
डरे-डरे से, नहीं नहीं, मत यों उदास हो;
खेल खत्म हो रहा हमारा और मंच पर
अभिनय करनेवाली शक्लें, जोकि सिर्फ
आत्माएँ ही थीं, हुईं विलीन शून्य में सहसा;
इस मायावी दृश्य सदृश ही गायब होंगी
मेघ विचुंबित वे ऊँची-ऊँची मीनारें,
आलीशान महल, पूजा के पावन मंदिर,
बल्कि समूची सृष्टि कि जिस पर फैली यह
वैभव की लीला—सबकुछ मिट जाएगा ऐसे,
जैसे हमने देखा अभी दृश्य यह मिटते;
एक चिह्न भी हाय, देखने को न मिलेगा;
और स्वयं हम भी क्या हैं ? बस मिथ्या स्वप्नों
की छायाएँ, और हमारा यह लघु जीवन
बंदी है उस चिर निद्रा का।
वत्स, बहुत उखड़ा है मेरा चित्त इस समय,
मेरी यह अपनी कमजोरी, ख्याल न करना,
यह बूढ़ा मस्तिष्क इस समय एक बड़ी
भारी उलझन में। पर तुम चिंता करो न बिल्कुल,
इच्छा हो तो मेरे कंदर में जा लेटो और वहाँ
विश्राम करो; मैं तब तक इधर टहलता हूँ दो-
चार कदम, अपने दिमाग को शांत करूँगा।

फर्डिनेंड-मिरैंडा : शीघ्र आपका चित्त शांत हो।

(फर्डिनेंड और मिरैंडा का प्रस्थान)

प्रास्पेरो : धन्यवाद !
(एरियल से) आ शीघ्र एरियल, तुरत तेज मन की गति से आ।
(एरियल का प्रवेश)

एरियल : प्रभु की इच्छा पूरी करने को प्रस्तुत हूँ।
काम बताएँ।

प्रास्पेरो : रे वायव्य आत्मा, हमको शीघ्र सामना
करना होगा केलिबान से।

एरियल : बेशक, मैं तो पहले ही कहनेवाला था,
उसी समय, जब लाया था सिरीज को सम्मुख,
लेकिन डरता था, हो जायं न कहीं क्रुद्ध उस
समय आप ही।

प्रास्पेरो : फिर से जरा बता, छोड़ा था तूने इन सब
बदमाशों को कहाँ ? किस जगह ?

एरियल : मैंने जैसा कहा आपसे, वे थे बहुत
नशे में उस क्षण और जोश ऐसा था उन पर,
मार रहे थे स्वयं हवा को, क्योंकि बह रही
थी सन्-सन् कर वह उनके चेहरों के आगे;
पीट रहे थे मिट्टी को इसलिए कि वह क्यों
बार-बार उनके पैरों से लग जाती थी;
लेकिन इस पर भी वे निश्चित किए हुए थे
जो उन तीनों को करना था।
तब मैंने मृदंग की ध्वनि की, जिससे अलल
बछेड़ों जैसे कान, आँख औ' नाक उठाए
लगे सूँघने वे उस मादक मधुर नाद को,
भाग पड़े फिर मेरे पीछे दुर्गम झाड़ों
झंखाड़ों में, तेज नुकीले काँटों से उन
अपनी टाँगों को छिलवाते, जैसे बछड़े
बदहवास हो भागा करते तेज रंभाने
का स्वर सुनकर; और अंत में छोड़ा मैंने
उन्हें उसी गंदे गड्ढे में—वह जो स्वामी
के कंदर के पार, उस तरफ; धँसे कीच में
गरदन तक वे नाच रहे हैं, फँसे मैल में,
जो उनके पाँवों से कहीं अधिक मैला है !

प्रास्पेरो : मेरे प्यारे बच्चे, तूने किया ठीक ही !
थोड़ी देर और तू ऐसे ही अदृश्य रह,

कुछ कपड़े हैं रंग-बिरंगे रक्खे घर में,
उन्हें उठा ला और यहाँ चुपचाप डाल दे,
उन चोरों के लिए जाल के चारे का ये
काम करेंगे।

एरियल : मैं जाता हूँ।

(प्रस्थान)

प्रास्पेरो : उफ, सचमुच शैतान, अरे, यह पैदा ही
शैतान हुआ था; शिक्षा इसकी अधम प्रकृति के
लिए व्यर्थ थी; मानवीय ममता से मैंने
जो कुछ इसके लिए किया था, कष्ट सहा था,
व्यर्थ, व्यर्थ—सब व्यर्थ गया है।
अब तो लगता, ज्यों ही इसकी उम्र बढ़ रही
तन-मन दोनों की कुरूपता बढ़ती जाती।
मैं इन सब को ऐसी घोर यातना दूँगा,
गला फाड़ कर ये चीखेंगे।

(एरियल का पुनः प्रवेश, चमकीले वस्त्र आदि लादे हुए)

आ जा, इनको इधर टाँग दे अदवायन पर !

(प्रास्पेरो और एरियल अदृश्य रूप में रहते हैं। केलिबान, स्टीफेनो और ट्रिंक्यूलो का प्रवेश। सब भीगे हुए हैं।)

केलिबान : अरे कृपा करके धीरे से चलो, बहुत ही
धीरे-धीरे, पग-ध्वनि यहाँ तुम्हारे पाँवों
की न छछूँदर भी सुन पाए। हम हैं बहुत
निकट कंदर के।

स्टीफेनो : राक्षस ! तेरी वह परी, जिसे तू बड़ी सीधी और भोली बतलाता था, अभी तक तो वह हमें चकमा ही देती रही है। देख राक्षस, अगर मेरा मूड खराब हुआ तो याद रख...

ट्रिंक्यूलो : तू बिलकुल बेकार का राक्षस है। मुर्दा !

केलिबान : मेरे अच्छे स्वामी, हो नाराज न
मुझसे, धीरज रक्खो, वह सौगात तुम्हें दूँगा मैं
जिसके आगे यह दुर्घटना कुछ न लगेगी,
इसीलिए कहता हूँ तुमसे, धीरे बोलो,
देखो, कैसा सन्नाटा है। लगता जैसे,
मध्य रात्रि हो।

ट्रिंक्यूलो : हाँ, पर हमारी बोतल उस ढाबर में छूट जाना—

स्टीफेनो : उससे हमारा अपमान ही नहीं, राक्षस, बहुत बड़ा नुकसान भी

हुआ है।

ट्रिंक्यूलो : वह मेरे लिए कीचड़ में सन जाने से कहीं अधिक बुरा हुआ। इस पर भी तू अपनी परी को सीधी और निरापद बता रहा था।

स्टीफेनो : मैं अपनी बोतल लेने जरूर जाऊँगा, भले ही उसके लिए मुझे उस ढाबर में कानों तक डुबकी लगानी पड़े।

केलिबान : मेरे राजा, मैं तुमसे बिनती करता हूँ...
चुप हो जाओ। देखो, हम हैं गुफा-द्वार पर,
तुम्हें यहीं से अंदर जाना, पर बिलकुल
आवाज नहीं हो। कर डालो अब अपनी सुंदर
शैतानी वह, कर लेने पर जिसके हो
संपूर्ण द्वीप आधीन तुम्हारे, और तुम्हारा
केलिबान यह दास तुम्हारा बन जाए फिर
सदा-सदा को।

स्टीफेनो : ला अपना हाथ, मेरे अंदर फिर खूनी विचार उठने लगे हैं।

ट्रिंक्यूलो : हे महाराज स्टीफेनो ! हे महामहिम ! हे पुरुष श्रेष्ठ। देखिए, आपके धारण करने के लिए ये वस्त्र कितने सुंदर हैं !

केलिबान : छोड़ उन्हें रे मूर्ख ! न कुछ भी रक्खा उनमें।

ट्रिंक्यूलो : अबे राक्षस ! प्राचीन युग के इन वस्त्रों की कीमत तू क्या जाने ? इनका मूल्य तो हम जानते हैं।

स्टीफेनो : वह लबादा फौरन उतार दो, ट्रिंक्यूलो, उसे मैं लूँगा।

ट्रिंक्यूलो : श्रीमन् आप ही लें।

केलिबान : अरे जलोदर रोग लगे इस महा मूर्ख को,
इन लत्तों में उलझा कर तू चाह रहा क्या ?
पहले चलकर हत्या उसकी कर डालें हम,
अगर कहीं वह जाग गया तो सिर से लेकर
पाँवों तक वह बदन हमारे कोंच-कोंचकर
बिलकुल छलनी कर डालेगा।

स्टीफेनो : चुप बे राक्षस ! हाँ, श्रीमती अरगनी देवी ! आप बताएँ, क्या यह जाकेट मेरी नहीं है ? अच्छा, लीजिए, अब यह जाकेट ऊपर से उतरकर आपकी इस विषुवत रेखा के नीचे आ गई। देखो जाकेट, अब नीचे के स्तर पर आने से तुम्हारे बाल झड़ जाएँगे और तुम गंजी हो जाओगी।

ट्रिंक्यूलो : हाँ हाँ, बिलकुल ठीक है। हम चोरी करते हैं पर स्तर और रेखा का ध्यान रखते हुए। महाराज, ठीक कहा न मैंने ?

स्टीफेनो : तुम्हारे वाक्-चातुर्य के लिए धन्यवाद ! लो यह वस्त्र। मुझ जैसे

शासक के राज्य में बुद्धि का विलास बिना पुरस्कार के नहीं रह सकता। स्तर और रेखा के अनुरूप चोरी ! वाह, क्या बढ़िया बात कही है ! लो यह दूसरा इनाम !

ट्रिंक्यूलो : तू भी आ राक्षस। लगा ले अपनी इन उँगलियों में लासा, और बाकी बचे हुए ये सब कपड़े समेट ले।

केलिबान : मुझे नहीं चाहिए, वक्त बर्बाद हो रहा।
अभी बना देगा वह हम तीनों को बतखें
या फिर छोटे माथेवाले ललमुँह बंदर।

स्टीफेनो : चल राक्षस, उठा ये सब कपड़े। इन्हें ढोकर उस जगह पहुँचाना है जहाँ मेरी शराब रखी है। चल, उठा, नहीं तो मैं तुझे अपने राज्य से निकाल दूँगा। यह ले।

ट्रिंक्यूलो : और यह।

स्टीफेनो : हाँ, और यह भी।

(शिकारियों की आवाज़। विभिन्न आत्माओं का कुत्तों और शिकारियों की शक्लों में प्रवेश। वे शिकार करते हुए आते हैं। प्रास्पेरो और एरियल उन्हें लहका रहे हैं)

प्रास्पेरो : ओ माउंटेन, आगे बढ़कर ले। आगे।

एरियल : वह गया सिलवर ! वह ! दौड़ सिलवर, दौड़।

प्रास्पेरो : फ्यूरी ! फ्यूरी ! उधर जा, उधर। टिरेंट। तू इधर—हाँ इधर आ।

(केलिबान, स्टीफेनो और ट्रिंक्यूलो खदेड़ दिए जाते हैं)

जाओ, मेरे शासित प्रेतों को आज्ञा दो,
तोड़-पीस डालें वे इनके जोड़-जोड़ को,
भर दें उनमें भीषण ऐंठन, कुचल मसल दें
इनकी सारी मांस-पेशियाँ, इतना इनके
तन को दागें, लगें तेंदुए या बिलार से ये चितकबरे।

एरियल : सुनिए, कैसे चीख रहे वे ?

प्रास्पेरो : पूरी तरह आज उनका शिकार होने दो।
मेरे सारे शत्रु इस समय मेरी कृपा-कोर
के आश्रित; बस थोड़ी ही देर बाद अब
मेरा कार्य समाप्त हो रहा और तुझे
फिर मुक्ति मिलेगी; अब थोड़ा ही काम
तुझे करना बाकी है।

(प्रस्थान)

पाँचवा अंक

पहला दृश्य

(प्रास्पेरो की गुफा के सामने)

(प्रास्पेरो का जादू के कपड़े पहने एरियल के साथ प्रवेश)

प्रास्पेरो : अब मेरी योजना पूर्णता के समीप है,
जादू अपने पूरे बल पर, अधीनस्थ
आत्माएँ मेरे संकेतों पर काम कर रहीं,
और समय भी है मेरी अनुकूल दिशा में,
बता कै बजे ?

एरियल : लगभग छह है। स्वामी ! इसी समय तो हमको
अपना काम बंद करना था।

प्रास्पेरो : हाँ, जब वह तूफान उठाया, तब तो यही
कहा था मैंने। अच्छा, वह राजा औ' उसके
संगी साथी अब कैसे हैं ?

एरियल : बंदी हैं सब एकसाथ ही बिलकुल उसी
तरह से, जैसे कहा आपने था रखने को;
उसी शक्ल में, जैसे आप छोड़ आए थे;
नींबू के उस झुरमुट में जो गुफा-द्वार की
रक्षा करता है ऋतुओं के भय-प्रकोप से।
एक इंच भी हिल सकते वे नहीं बिना प्रभु
की इच्छा के। वह राजा औ' उसका भाई
और आपका वह भाई भी—ये तीनों हैं
अब भी वैसे ही पगलाए, घोर निराशा
और व्यथा में जड़ीभूत से। लेकिन, स्वामी,
एक व्यक्ति इन सबसे ज्यादा दुखी लग रहा,

वह जिसको था कहा आपने—'वृद्ध सरल
सज्जन गोंजालो'—आँसू उसकी दाढ़ी पर यों
टपक रहे थे, जैसे हिम के बूँद झर रहे हों
छप्पर से। जादू उन पर काम कर गया
इस तेजी से और लग रहे वे इतने दयनीय
कि उनको आप देख लें तो निश्चित
पसीज उट्‌ठेंगे।

प्रास्पेरो : क्या तुझको ऐसा लगता है, ओ रे आत्मा ?

एरियल : ऐसा ही लगता, स्वामी, यदि मुझमें मानव
का दिल होता।

प्रास्पेरो : और लगेगा मुझको ऐसा—बेशक ऐसा,
जब तुझको जो सिर्फ हवा है, उनके कष्टों
की पीड़ा छू गई कहीं पर, तब तो मैं, जो
उन जैसा ही हाड़-मांस का, उन जैसी ही
सहज वासनाएँ जिसमें हैं, आंदोलित
होता है उनसे जो वैसे ही, क्यों न
पसीज उठेगा तुझसे कहीं अधिक वह।
यों उनका अपराध बड़ा है और दुःख भी
मुझे न कम भोगना पड़ा है—फिर भी अपने
प्रिय अंतर्विवेक से प्रेरित होकर अपना
क्रोध छोड़ता हूँ इस क्षण से; करुणा प्रति-
हिंसा से होती कहीं बड़ी है; पश्चात्ताप
उन्हें है तो फिर मुझे और कुछ नहीं चाहिए;
अब झिड़की तक एक न दूँगा। जा, एरियल,
मुक्ति उनको दे, जादू अपना उन पर से अब
हटा रहा हूँ, फिर से होंगे वे अपने उस
सहज रूप में।

एरियल : जाता हूँ लेने उनको मैं।

(प्रस्थान)

प्रास्पेरो : गिरि अधित्यकाओं में बसनेवाली परियो,
ओ निर्मल निर्झर झीलों औ' वनकुंजों-
वाली अप्सरियो, और रेत पर नाच-नाचकर
वरुण देव की चपल लतरियों को दौड़ाकर
छिपनेवाली ओ सुंदरियो, चाँदनियों में
हरी घास के वृत्त बनाकर, *(जिन्हें न भेड़ें*

भी चर पातीं) क्रीड़ा करती ओ पुत्तलियो,
और अरी तुम, जिनका मनोविनोद रात में
ढेरों छत्र-दंड उपजाना और निशा की
मंद घंटियों को सुन-सुनकर हर्षित होना,
तुम सबके सहयोग और बल पर यद्यपि वह
सीमित ही था, मैंने उस मध्याह्न सूर्य को
किया तेज हत; भीषणतम आँधियाँ उठाईं;
हरित सिंधु औ' नील व्योम को किया परस्पर
क्रुद्ध युद्धरत; गर्जित शंपाओं में ज्वालाएँ
सुलगाईं; और बृहस्पति के उस पावन
वंजु वृक्ष को ले सुरपति का वज्र-अस्त्र वह
फाड़ गिराया; किया प्रकंपित दृढ़ चट्टानी
सिंधुकूल भी; जड़ से लिए उखाड़ चीड़ औ'
देवदारु के बड़े पेड़ भी; हाँक लगाई...
तो कब्रों में सोए मुर्दे बाहर निकले।
यह सब करके दिखा दिया मैंने अपनी
जादुई शक्ति से; लेकिन यह संहार-साधना
मैं बिलकुल अब छोड़ रहा हूँ; सिर्फ़ एक
दैवी संगीत मुझे इन लोगों को सुनवाना;
जिससे इनकी चित्त-वृत्तियाँ शांत हो सकें;
जड़ीभूत ये हैं मेरी जादुई शक्ति से !
इसके बाद तुरत मैं अपना यह जादुई
दंड तोड़ूँगा, कई हाथ नीचे गाड़ूँगा
इसे भूमि में, औ' किताब यह फेंकूँगा
समुद्र के तल में।

(गंभीर शांत संगीत)

(एरियल का पुनः प्रवेश। तत्पश्चात्, पागल की तरह एलोंजो का गोंजालो के साथ, उसी तरह एड्रियन और फ्रांसिस्को के साथ क्रमशः सेबेस्टियन और एंटोनियो का प्रवेश। वे सब प्रास्पेरो द्वारा बनाए गए एक घेरे में प्रवेश करते हैं और वहाँ जादू से जड़ीभूत खड़े हैं, जिसे देखकर प्रास्पेरो कहता है–)

एक मधुर गंभीर रागिनी, जो सबसे अच्छी
औषधि उद्भ्रांत चित्त की, इन उत्तेजित
मस्तिष्कों को शांत करे अब, जो कि कपालों
के भीतर ही उबल-उबलकर शून्य हो गए।

रुको वहीं तुम, जादू जब तक टूट न जाए।
ओ पवित्र आत्मा गोंजालो, रे संमान्य
पुरुष, सुन, मेरी आँखें तेरी इन आँखों के
साथ-साथ ही भीग रही हैं; टूट रहा जादू
का घेरा; और जिस तरह सघन रात्रि का
तम पिघलाती पहली किरन भोर की आती,
वैसे ही चेतना आ रही उस अज्ञान-
धुएँ को दलती, जो इनके विवेक के ऊपर
घिरा हुआ था। प्यारे परम साधु गोंजालो,
तूने मेरी जीवन रक्षा कर मानव-ममता
अपनाई और साथ ही स्वामि-भक्ति की
अपनी सच्ची रीति निभाई। मैं तेरे उस
शुभाचरण का मूल्य चुकाऊँगा कृतज्ञ मन-
वचन-कर्म से। एलोंजो, निर्दयता तूने
बहुत दिखाई मुझ पर, मेरी बेटी पर भी;
तेरे भाई ने उकसाया तुझे खूब था;
सेबेस्टियन, तू इसीलिए इतना पीड़ित है;
और—और तुम, मेरे भाई, मेरे अपने
रक्त-मांस तुम, तुमने एक महत्त्वाकांक्षा
का मुँह देखा, फेंक निकाला दिल से करुणा
को, भाई की ममता को भी, और अभी कुछ
समय पूर्व ही सेबेस्टियन के साथ बैठकर
तुमने फिर षड्यंत्र रचा जो, कौन कसर
बाकी थी राजा की हत्या में ? सेबेस्टियन तो
खैर दुखी है बेहद मन में, पर तुमको भी
क्षमा कर रहा हूँ इस क्षण मैं; वैसे हैं
आचरण तुम्हारे बिलकुल उलटे मनुज प्रकृति से।
उमड़ रहा चेतना स्रोत अब इनके भीतर;
नए वेग से भरी आ रही जो जल-धारा,
सरस करेगी वह विवेक का विरस किनारा;
पर ये मुझको देख नहीं पा रहे इस समय;
और देख भी लें तो क्या पहचान सकेंगे ?
जा, एरियल, गुफा से मेरा टोप उठा ला,
औ' कटार भी; मैं जादूगर का यह बाना
छोड़ मिलूँगा इनसे अपने उसी वेष में,

जैसे रहता था मिलान में; जा, जल्दी कर,
नहीं देर ज्यादा अब तेरी स्वतंत्रता में !

(एरियल गाता हुआ प्रास्पेरो को वस्त्र पहनाता है)

गीत

पीती है जो रस मधुमक्खी
पीत सेवती के दल में;
वही सुरस मैं भी छकता हूँ
बैठ वहीं हर्षित पल में;
रातों को गमगीन उलूकों
की आवाजें आती हैं;
तभी गादुरों की सवारियाँ
मुझे उड़ा ले जाती हैं;
और नहीं अब प्रखर शीत का
दुसह भार मैं ढोऊँगा;
किसी वृंत के खिले पुष्प की
सघन छाँह में सोऊँगा !

प्रास्पेरो : आह, एरियल, सचमुच तेरा बहुत अभाव
खलेगा मुझको, फिर भी हूँ संतुष्ट कि तुझको
तेरी इच्छित मुक्ति मिलेगी। बस रहने दे।
तू अब इसी अदृश्य रूप में जा राजा के
उस जहाज पर, जिसके अंदर बँधे सो रहे
नाविक सारे; स्वामी उस जहाज का अपने
प्रमुख सहायक 'केवट' के संग पड़ा सो रहा;
जा, उन सबको जगा और ला इसी ठौर पर,
पर जल्दी कर।

एरियल : मैं होता हूँ हवा और लाता हूँ उनको
बस दो पल में।

(प्रस्थान)

गोंजालो : भय, संत्रास, भ्रांति औ' अचरज—सभी यहाँ पर,
कोई दिव्यशक्ति ही हमको ले उबार तो
बच पाएँगे।

प्रास्पेरो : राजन् देखो, यह मिलान का वंचित शासक
प्रास्पेरो अब बोल रहा है तुझसे अपने

सहज रूप में; आलिंगन करता है तेरा
और हार्दिक अभिनंदन भी !

एलोंजो : तू वह है या नहीं या कि फिर कोई मायावी
ही है, जो रहा कोसता मुझे अभी तक,
मैं न जानता, पर यह सच है, तेरी नाड़ी
हाड़-मांस के जीवित प्राणी-सी चलती है,
जब से मैंने देखा तुझको, लगता, कुछ
तकलीफ घट रही और हो रहा चित्त स्वस्थ है;
और अगर यह सब जो कुछ मैं देख रहा हूँ,
स्वप्न नहीं है, तो बेशक यह है विस्मय से
भरी कहानी; तेरा राज्य लिया जो मैंने
आज उसे वापस करता हूँ, और साथ ही
क्षमा याचना भी करता हूँ उन त्रुटियों के
लिए, हुई थीं जो तब मुझसे, पर हैरत है,
अभी प्रास्पेरो जीवित औ' इस विजन द्वीप में !

प्रास्पेरो : पहले मित्र, भेंट लेने दे मुझे भुजा भर;
वृद्ध पुरुष, तू है आदर के योग्य हमारे।

गोंजालो : यह सच है या स्वप्न, असंभव कुछ भी कहना।

प्रास्पेरो : अभी द्वीप का असर तुम्हारे मन पर बाकी,
कर न सकोगे तुम विश्वास वास्तविकता पर।
स्वागत ! मेरे सारे मित्रो।
(सेबेस्टियन और एंटोनियो से अलग)
ओ सामंतो ! तुम दोनों पर अगर चाहता
तो पलभर में मैं राजा का क्षुधित क्रोध
बरसा सकता था और तुम्हें विश्वासघात के
लिए दंड दिलवा सकता था, पर जाने दो,
नहीं कहूँगा मैं अब कुछ भी।

सेबेस्टियन : *(स्वगत)* बोल रहा इसके मुँह से शैतान इस समय।

प्रास्पेरो : हाँ, अब तुम, जो महा धूर्त निकले औ' जिसको
भाई कहना भी अपना मुँह गंदा करना,
करता हूँ मैं क्षमा तुम्हें भी—घोर घृणित उस
अधम कार्य के लिए किया था तब जो तुमने;
मैं कुछ नहीं चाहता तुमसे, सिर्फ़ ड्यूक पद
अपना, जिस पर हक मेरा है और जिसे मैं
तुमसे वापस ले ही लूँगा, दो इच्छा से

या कि अनिच्छा से तुम उसको।

एलोंजो : यदि है तू प्रास्पेरो, बता सब हाल मुझे
अपने जीवन का; और हमारी भेंट हुई
संभव यह कैसे ? हम तो सिर्फ तीन ही घंटे
पहले आकर लगे यहाँ पर, हो शिकार उस
पोत-ध्वंस के; खोया जिसमें मैंने अपना
प्यारा बेटा फर्डिनेंड ही; आह, शूल
उसकी सुधि का कितना बेधक है !

प्रास्पेरो : दुखी हुआ हूँ यह सुनकर मैं।

एलोंजो : पूर्ति नहीं है इस अभाव की, नहीं धैर्य के
पास दवा कोई भी इसकी।

प्रास्पेरो : लगता, पाई नहीं आपने कृपा-कोर प्रभु की
जिसके बल मैं ऐसे ही महा दुःख में
धैर्य रख सका और उसी की अमित दया से
शांत और सुस्थिर हूँ अब भी !

एलोंजो : क्या ? ऐसा ही दुःख आपको ?

प्रास्पेरो : बिल्कुल ऐसा, और मिला है मुझे अभी ही;
भला आपके लिए सांत्वना रखने को कुछ
तो जग में है, पर मेरे तो एकमात्र
बेटी थी, वह भी बिछुड़ गई है।

एलोंजो : बेटी ? ओ मेरे परमेश्वर ! काश, आज
दोनों यदि होते तो नैपिल्स राज्य के राजा-
रानी बनते; मैं समुद्र के तल में सोता
तो अच्छा था, वहीं, जहाँ मेरे बजाय
मेरा बेटा है ! हाँ, बेटी तुम से कब बिछुड़ी ?

प्रास्पेरो : इस पिछले तूफान के समय। देख रहा हूँ,
ये सब ऐसे चकित हमारी इन बातों से,
नहीं इन्हें विश्वास हो रहा अपनी अक्ल और
आँखों पर और साथ ही इन शब्दों पर।
ओ उखड़े दिमाग के लोगो ! जैसे भी हो
यह विश्वास करो कि प्रास्पेरो बोल रहा है—
वही जो कि था ड्यूक और जो निर्वासित कर
दिया गया था तब मिलान से। किसी तरह वह
आ पहुँचा था यहाँ द्वीप में उसी जगह पर,
जहाँ आ गए तुम सब पोत-ध्वंस में फँसकर;

आज वही स्वामी है इस संपूर्ण द्वीप का।
अब आगे कुछ नहीं, सिर्फ इतना काफी है,
क्योंकि कथा यह कई दिनों की, नहीं नाश्ते
पर या ऐसी प्रथम भेंट के अवसर पर—
पूरी हो सकती। स्वागत, श्रीमन् इधर पधारें;
यही गुफा बस राजभवन है, थोड़े से बस
नौकर-चाकर, प्रजा नहीं है; कृपया अंदर आएँ,
देखें, चूँकि ड्यूक-पद दिया आपने
मुझको फिर से, मैं भी देना चाहूँगा कुछ
भेंट आपको मूल्यवान ही, एक सुखद
आश्चर्य, परम संतोष हृदय का;
मुझे ड्यूक-पद पाकर जितनी खुशी हुई है,
उससे किसी तरह कम होगी नहीं आपको।

(प्रास्पेरो, फर्डिनेंड और मिरैंडा को शतरंज खेलते हुए पाता है)

मिरैंडा : प्रियतम मेरे ! यह क्या करते ? चाल बदलते ?

फर्डिनेंड : नहीं प्रियतमे ! वह मैं नहीं करूँगा, चाहे
मिलता हो साम्राज्य धरा का।

मिरैंडा : अरे, बीस राज्यों के खातिर करना पड़े
अगर वह तुमको, मैं कह दूँगी, ठीक कर रहे !

एलोंजो : जो कुछ देख रहा हूँ यदि वह इसी द्वीप का
माया-भ्रम है, समझो, मेरा पुत्र दुबारा बिछुड़ा मुझसे।

सेबेस्टियन : यह तो बिलकुल चमत्कार है।

फर्डिनेंड : था समुद्र का कोप भयंकर, पर दयालुता
भी आखिर उसने दिखलाई। कोस रहा था
उसे व्यर्थ में। *(प्रणाम के लिए झुकता है)*

एलोंजो : आह, प्रसन्न पिता के उर के सब आशीष
घेर लें तुझको। बेटे मेरे, उठ औ' मुझको
बता यहाँ तू पहुँचा कैसे ?

मिरैंडा : अरे महा आश्चर्य !
यहाँ पर इतनी सारी प्यारी शक्लें। नर
कितने सुंदर होते हैं। यह तो एक नई
दुनिया है। इतने सारे लोग इकट्ठे !

प्रास्पेरो : बेशक तेरे लिए नई है।

एलोंजो : यह सुंदरी कौन है, जिसके साथ अभी तू

खेल रहा था ? तेरा इससे परिचय होगा
सिर्फ़ तीन घंटों का ही तो। क्या यह वह
देवी है जिसने हमें परस्पर अलगाकर फिर
यहाँ मिलाया ?

फर्डिनेंड : श्रीमन्, यह रचना है अपने मर्त्यलोक की,
पर विधि की अमर्त्य इच्छा से अब मेरी है;
वरण किया था जब इसको, तब आप नहीं थे;
हैं, इसका भी पता नहीं था; तभी अनुज्ञा
नहीं पिता की प्राप्त कर सका।
यह इनकी बेटी है—ये जो परम लोक-
विश्रुत मिलान के ड्यूक रहे हैं; कितना इनका
नाम सुना था, पर देखा पहले न कभी था;
मिला दूसरा जीवन मुझको आज इन्हीं से;
और अभी इनकी बेटी ने यह सौभाग्य
दिया है मुझको, कहूँ दूसरा पिता इन्हें मैं।

एलोंजो : वह इसको भी मिला, मगर मैं कैसे अपनी
बच्ची से ही करूँ क्षमा के लिए प्रार्थना ?

प्रास्पेरो : बस-बस, श्रीमन् !
क्यों हम आज हृदय पर अपने उन घड़ियों का
बोझा लादें, जो अब सुधि से उतर चुकी हैं।

गोंजालो : भीतर ही भीतर मैं अब तक रहा भीगता
हर्ष-अश्रु से, वरना पहले ही कहता यह,
नभ के देवो ! नीचे देखो और धरो इस
नवल दंपती के माथे पर मंगल अर्चित
राजमुकुट यह, क्योंकि तुम्हीं ले आए हमको
आज यहाँ पर।

एलोंजो : लो, गोंजालो ! मैं इस पर 'आमीन' कह रहा।

गोंजालो : क्या मिलान का ड्यूक इसी कारण निर्वासित
किया गया था ताकि कभी उसके वंशज
बन सकें नृपति नैपिल्स राज्य के ? अरे मनाओ
पर्व खुशी का, नहीं हर्ष यह साधारण है,
जाओ, लिखो शिला-खंभों के ऊपर स्वर्ण-
अक्षरों से यह, 'एक यात्रा कर क्लेरीबल
ने पाया प्रिय पति ट्यूनिस में, उसके भाई
फर्डिनेंड ने खो अपने को पत्नी पाई,

मिला प्रास्पेरो को इस सूने विजन द्वीप में
पुनः ड्यूक-पद, औ' हम सब ने होश गँवाकर
एक साथ की प्राप्त चेतना।

एलोंजो : *(फर्डिनेंड और मिरैंडा से)*
लाओ, अपने हाथ मुझे दो, जले मरे वह
दुसह ताप से जो सुख नहीं तुम्हारा चाहे !

गोंजालो : ऐसा ही हो। श्रीमन् मैं 'आमीन' कह रहा।

(एरियल का पुनः प्रवेश। पीछे-पीछे आश्चर्यचकित जहाज का स्वामी और केवट आते हैं)

गोंजालो : उधर देखिए, श्रीमन्, पहले उधर देखिए !
कुछ हममें से और आ रहे। मैंने पहले
ही भविष्यवाणी कर दी थी—यह डूबेगा
नहीं, लगेगी फाँसी इसको। ओ रे पाखंडी !
बक-बक कर तूने ही दुर्भाग्य बुलाया था
समुद्र में। क्या अब नहीं किनारे पर कहने
को कुछ भी ? या मुँह पर लग गई मुहर है ?
बोल खबर क्या ?

केवट : सबसे अच्छी खबर यही है—हमने अपने
राजा औ' सब सरदारों को सकुशल देखा;
और दूसरी यह कि तीन घंटे पहले जो टूट
गया था, वह जहाज अपना अब बिलकुल
कसा और तैयार खड़ा है—उसी शक्ल में
जैसे उतरा था पानी में पहले-पहले !

एरियल : *(प्रास्पेरो से अलग)*
स्वामी, जब से गया यही सब करता रहा
अभी तक मैं हूँ।

प्रास्पेरो : *(एरियल से अलग)*
वाह रे मेरे चतुर आत्मा !

एलोंजो : ये घटनाएँ नहीं सहज या साधारण हैं,
अद्भुत से बढ़कर अद्भुततर होती जातीं;
अच्छा बतलाओ, कैसे तुम यहाँ आ सके ?

केवट : श्रीमन् गर यह सत्य कि मैं अब जाग रहा हूँ
और नहीं सपना कोई मैं देख रहा हूँ,
तो कोशिश करता हूँ सबकुछ बतलाने की—
हम जहाज के तल में सोए पड़े हुए थे,

जब बिलकुल बेहोश-बेखबर, बड़ी भयंकर
चिंघाड़ें, चीखें, खनकारें जंजीरों की,
आवाजें बेहद अजीब-सी, तरह-तरह की
कानों में आईं औ' हमको जगा गईं उस
अजब नींद से। छुटे कैद से उठ बैठे हम,
और उसी क्षण देखा हमने वह जहाज
अपना बिलकुल तैयार खड़ा था, सजा और
सँवरा हो जैसे नए रूप में; और देखकर
उसे, खुशी से ये प्यारे कप्तान हमारे
नाच रहे थे; तभी पलक झपकी औ' कोई
सपना-सा फिर पड़ा दिखाई, कोई शक्ति
वहाँ से हमको खींच यहाँ बरबस ले आई !

एरियल : *(अलग प्रास्पेरो से)* स्वामी मेरे, सुना आपने ?

प्रास्पेरो : *(अलग एरियल से)* बहुत खूब ! रे अनुचर मेरे !
तुझको मुक्ति मिलेगी जल्दी ।

एलोंजो : यह अजीब भ्रम-जाल ! बुद्धि को जो जड़ कर दे;
शायद ही देखा हो जग में अन्य किसी ने;
जो कुछ घटित हुआ वह बेशक कहीं अधिक है
गूढ़ प्रकृति के इस नैमित्तिक घटनाक्रम से;
कोई दैवी शक्ति ही हमें भले निकाले—
इस उलझन से !

प्रास्पेरो : श्रीमन् ! नाहक परेशान होते हैं
ऐसे आश्चर्यों पर; किसी समय फुरसत में सबकुछ
बतला दूँगा मैं चुपके से, दुर्घटनाएँ
घटित हुईं जो, उनके पीछे क्या रहस्य था ?
तब तक रहें प्रसन्न और यह समझें मन में—
जो कुछ भी करता ईश्वर, अच्छा करता है।
(एरियल से अलग)
आ रे आत्मा, आ जल्दी से, केलिबान औ'
उसके दोनों मित्रों को दे छोड़ तुरत ही
और हटा ले जादू अपना अब उन पर से।
(एरियल का प्रस्थान)
हाँ, श्रीमन्, क्या सोच रहे हैं ? लगता, खोए
हुए व्यक्तियों में अब भी दो-एक शेष हैं,
शायद उनका ध्यान आपको नहीं आ रहा।

(चुराए हुए वस्त्र पहने केलिबान, स्टीफेनो और ट्रिंक्यूलो को खदेड़कर लाते हुए एरियल का पुनः प्रवेश)

स्टीफेनो : हर आदमी अपनी नहीं, दूसरे की फिक्र करे। क्योंकि यहाँ उतना ही मिलता है जितना भाग्य में लिखा है। धीरज धर, प्यारे राक्षस, धीरज।

ट्रिंक्यूलो : अगर ये आँखें जो मेरे सिर में लगी हैं, असली हैं, तो बेशक मैं एक खूबसूरत दृश्य सामने देख रहा हूँ।

केलिबान : अरे बाप रे ! कितनी सारी आत्माएँ हैं !
कैसा सजा-धजा मेरा स्वामी बैठा है !
पर यह मुझको, हाय, धुनेगा अब जी-भरकर !

सेबेस्टियन : हा, हा, यह क्या है ? कैसी अजीब चीजें हैं ?
श्रीमन् एंटोनियो, जरा देखें, आईं क्या
ये बिकने को ?

एंटोनियो : लगता तो प्यारे, ऐसा ही;
है उनमें से एक मच्छ बेशक, खरीद के
काबिल भी है।

प्रास्पेरो : गौर करें पहले इनके कपड़ों पर, श्रीमन् !
तब बतलाएँ, क्या ये हैं ? चरित्र क्या इनका ?
यह पहला बदमाश निहायत बदसूरत जो
दीख रहा है, पूत भयानक डायन का है;
वह डायन इतनी प्रचंड थी, चंद्रलोक तक
को अपने वश कर लेती थी, भर देती थी
ज्वार विलक्षण सिंधु-गर्भ में और उठाकर
भीषण लहरें विवश झुका देती थी शशि को
निज इच्छा पर। इन तीनों ने घर में मेरे
की चोरी है; और दोगले इस राक्षस ने
तो हद कर दी; इसने इन दोनों को अपने
साथ मिलाकर मेरा जीवन ही ले लेने
का निष्ठुर षड्यंत्र रचा था। ये दो
हैं आदमी आपके, जिन्हें आप पहचान रहे
होंगे अवश्य ही; बचा तीसरा, यह जो काला
जीव, मानता हूँ, मेरा है !

केलिबान : हाय, मरा मैं। कोंच-कोंचकर ये सब मुझे
मार डालेंगे।

एलोंजो : क्या यह स्टीफेनो है ? वह अपना रसोइया ?

महाशराबी ?

सेबेस्टियन : यह तो अब भी पिए हुए है ! पर शराब यह कहाँ पा गया ?

एलोंजो : इस ट्रिंक्यूलो से तो चलते भी न बन रहा।
संजीवनी सुरा ये जाने कहाँ पा गए, जो ऐसे ये
झूम रहे हैं ? क्यों रे, कब से इस हालत में ?

ट्रिंक्यूलो : यह हालत तो मेरी उस समय से है जब से आप श्रीमानों से अलग हो गया था। अब तो मेरा अचार बन चुका है और मक्खियाँ लगने की कोई गुंजायश नहीं।

सेबेस्टियन : क्यों जी, स्टीफेनो, कैसे हो ?

स्टीफेनो : अरे मुझे छुओ नहीं, मैं अब स्टीफेनो नहीं रहा, ऐंठनों से भरी हुई मूँज की रस्सी हो गया हूँ।

प्रास्पेरो : अरे आप तो राजा बननेवाले थे इस भूमिखंड के ?

स्टीफेनो : कहीं वह हो जाता तो हालत और भी खराब होती।

एलोंजो : *(केलिबान की ओर संकेत करते हुए)* ऐसा प्राणी तो मैंने था कभी न देखा।

प्रास्पेरो : यह कुरूप जैसा तन से है, वैसा ही
अंतर्मन से भी।
(केलिबान से)—चलो, हटो, जाओ कंदर में !
इन दोनों को भी ले जाओ। क्षमा चाहते हो
यदि मुझसे, पहले साफ करो ये अपनी
बिगड़ी शक्लें।

केलिबान : यह मैं जाकर अभी करूँगा, और न गलती
कभी करूँगा फिर मैं ऐसी; बस आइंदा
क्षमा माँग मैं लिया करूँगा;
कितना बड़ा गधा था मैं भी—एक पियक्कड़
को देवता समझ बैठा मैं और पूजता
रहा उसी भोंदू को तब से।

प्रास्पेरो : अच्छा, अब जा तुरत यहाँ से !

एलोंजो : जाओ, ये कपड़े उतार दो वहीं, जहाँ से तुमने पाए !

सेबेस्टियन : बल्कि चुराए।

(केलिबान, स्टीफेनो और ट्रिंक्यूलो का प्रस्थान)

प्रास्पेरो : महाराज ! मैं आज आपको और आपके
इस दल-बल को आमंत्रित करता हूँ अपने
इस कंदर में; एक रात ठहरें औ' लें

विश्राम यहीं पर; सोने से पहले अपनी कुछ
बातें होंगी; ज्यादा समय न नष्ट करूँगा;
अपनी जीवन-कथा, खासकर दुर्घटनाएँ
वे अतीत की जो मेरे संग घटीं यहाँ इस
विजन द्वीप में, सबकुछ मैं श्रीमान् आपको
बतलाऊँगा—मजेदार ये घटनाएँ
ऐसी हैं, जिनको सुनकर जान न पाएँगे, कब
वक्त कट गया ? सुबह चलेंगे हम जहाज पर !
पहले मैं नैपिल्स चलूँगा साथ आपके,
जहाँ हमारे इन प्यारे बच्चों का परिणय-
पर्व मनेगा, उसके बाद वहाँ से जाऊँगा
मिलान मैं। बस, फिर क्या है, वहाँ प्रतीक्षा
अंतिम क्षण की !

एलोंजो : मैं सुनने को उत्सुक हूँ वह कथा आपकी,
निश्चय ही वह अद्‌भुत होगी।

प्रास्पेरो : श्रीमन् ! वह सब आप सुनेंगे, और इसी के
साथ आपसे वादा करता हूँ, यात्रा
मंगलमय होगी, सागर होगा शांत, हवा
अनुकूल मिलेगी; और चलेंगे हम इस गति से
जो जहाज पहले आगे था, पीछे होगा !

(एरियल से अलग)

ओ मेरे लाड़ले एरियल, बस यह अंतिम
कार्य सौंपता हूँ मैं तुझको, फिर तू हो
स्वतंत्र विचरण कर। विदा। अलविदा!!

[एलोंजो आदि से]

हाँ श्रीमन्, इस ओर पधारें।
आएँ, श्रीमन् !

उपसंहार

प्रास्पेरो : अब समाप्त हैं मेरी सब जादुई शक्तियाँ;
शेष रहा थोड़ा बल मुझमें, वह मेरा है;
वह इतना कम है, प्रतिरोध न कर सकता हूँ;
चाहे मुझको आप कैद में अपनी ले लें
या मर्जी हो तो नैपिल्स लिवा ले जाएँ,
बस मेरी प्रार्थना यही है, चूँकि ड्यूक पद
दिया आपने मुझे सदय हो, औ' मैं भी
अपराध किसी के क्षमा कर चुका, कृपया मुझे
नहीं छोड़ें इस विजन द्वीप में, बल्कि जोर से
बजा तालियाँ ये जादू के बचे खुचे...
बंधन भी तोड़ें, शुभ कामना आपकी मुझको
मिले अंत में, वरना मेरे सभी प्रयोजन-
आयोजन निष्फल ही होंगे। अब वे परियाँ
कहाँ, जिन्हें मैं तुरत बुलाऊँ ? कहाँ तिलस्मी
शक्ति कि भू-आकाश हिलाऊँ ? मेरे जीवन
का यह अंतिम चरण करुण अवसादपूर्ण है;
मेरे लिए प्रार्थना ही अंतिम संबल है;
क्योंकि यही प्रभु के पदांबुजों तक जाती है,
सब पापों के लिए क्षमा उनसे लाती है !
प्रभु से अपने लिए क्षमा याचना कीजिए,
तो मुझको भी देकर मुक्ति कृतार्थ कीजिए !

●●●